Die drei ???

und die rätselhaften Bilder

Die drei ???®

und die rätselhaften Bilder

Erzählt von William Arden

Aus dem Englischen
von Leonore Puschert

KOSMOS
bei CARLSEN

Unter anderem in der Reihe Die drei ??? ® im Carlsen Verlag lieferbar:
Die drei ??? – Codename Cobra
Die drei ??? – Dämon der Rache
Die drei ??? – Der Geist des Goldgräbers
Die drei ??? – Der namenlose Gegner
Die drei ??? – Die Höhle des Grauens
Die drei ??? – Die sieben Tore
Die drei ??? – Die Spur des Spielers
Die drei ??? – Fußball-Teufel
Die drei ??? – Grusel auf Campbell Castle
Die drei ??? – GPS-Gangster
Die drei ??? – Im Schatten des Giganten
Die drei ??? – Im Zeichen der Schlangen
Die drei ??? – Nacht der Tiger
Die drei ??? – Pfad der Angst
Die drei ??? – Rufmord
Die drei ??? – Spuk im Netz
Die drei ??? und das Aztekenschwert
Die drei ??? und der Feuergeist / Nacht in Angst
Die drei ??? und der Fluch des Rubins
Die drei ??? und der lachende Schatten
Die drei ??? und der Meister des Todes
Die drei ??? und der sprechende Totenkopf / und die brennende Stadt
Die drei ??? und der Tanzende Teufel
Die drei ??? und der verschollene Pilot
Die drei ??? und die Geisterinsel
Die drei ???-Schuber (4 Bände)

MIX
Papier aus verantwortungsvollen Quellen
FSC® C083411

Veröffentlicht im Carlsen Verlag
Juni 2018
Mit freundlicher Genehmigung des Franckh-Kosmos Verlages
und der Universität von Michigan

Based on characters by Robert Arthur
Umschlagbild: Helge Vogt
Umschlaggestaltung: formlabor
Corporate Design Taschenbuch: bell étage
Gesetzt aus der Bembo von Dörlemann Satz, Lemförde
ISBN 978-3-551-31701-8

Die drei ???®

und die rätselhaften Bilder

Ein paar Worte von Albert Hitfield

Bei meiner ersten Begegnung mit den hoffnungsvollen Jünglingen, die sich »die drei ???« (Klartext: die drei Detektive) nennen, verpflichtete ich mich törichterweise, ihre interessantesten Fälle jeweils als Buch herauszugeben. Ich ahnte ja nicht, wie produktiv das Trio sein würde! Wie meine Leser feststellen werden, gab ich mein Bestes, um mein Versprechen diesmal nicht einlösen zu müssen, aber gegen die Jungen kam ich nicht an. Also werde ich meiner Pflicht nachkommen und hier wieder einmal die drei ??? kurz vorstellen. Die unerschrockene Belegschaft dieses Junior-Detektivbüros besteht aus Justus Jonas, Peter Shaw und Bob Andrews. Alle drei wohnen in der kleinen Stadt Rocky Beach in Kalifornien, nicht weit von Hollywood. Justus ist der Kopf des Teams. Peter steuert die Muskelkraft bei. Und Bob, der Bücherwurm unter den drei ???, ist mit den Recherchen betraut. Gemeinsam sind die drei Burschen ein unschlagbares Team. Sie haben die gerissensten Ganoven ausgetrickst und die haarsträubendsten Situationen heil überstanden. In ihrem neuesten Fall obliegt es ihnen, den abhandengekommenen Nachlass eines toten Künstlers aufzuspüren. Ein vergleichsweise harmloser Auftrag – aber er leitet sie auf seltsame Abwege voller Rätsel und Ränke.
Damit wisst ihr genug, um die Lektüre in Angriff zu nehmen … doch seid gewarnt!
Albert Hitfield

Eine schwarze Gestalt

»Onkel Titus!«, rief Justus Jonas. »Schau mal dort drüben!«
Der Lastwagen der Firma »Gebrauchtwaren-Center T. Jonas« war gerade bei dem alten Haus am Remuda Canyon in einem Außenbezirk von Rocky Beach vorgefahren. Justus und sein Freund Peter Shaw saßen bei Onkel Titus im Führerhaus.
»Was ist?«, fragte Onkel Titus verblüfft. »Wo soll ich hinschauen, Justus?«
»Dort! Links neben dem Haus!«
Justus zeigte in die Dämmerung hinaus. Es sah ganz so aus, als schwebe da auf halber Höhe vor der Seitenmauer des an den Hang gebauten großen Fachwerkhauses eine schwarze Gestalt.
Dann sagte Onkel Titus: »Ich seh überhaupt nichts.«
»Nein«, sagte Peter. »Ich auch nicht, Just.«
Justus sah scharf hin. Die Gestalt in Schwarz war weg. Eben noch war sie vor der Hauswand sichtbar gewesen, dann hatte sie sich in Luft aufgelöst! Oder war da etwa gar nichts gewesen?
»Ich weiß bestimmt, dass ich jemand gesehen habe!«, sagte Justus. »Seitlich am Haus und ganz in Schwarz!«
Onkel Titus sah zweifelnd zu dem großen Fachwerkhaus hinüber. Die Wände des Canyons warfen seltsame, unheimliche Schatten auf das abgelegene Haus und auf das kleinere Häuschen daneben. Doch alles wirkte still und friedvoll.
»Du hast wohl einen Schatten gesehen, Just«, sagte Onkel

Titus. »Eine so steile, tiefe Schlucht wirft die merkwürdigsten Schatten«, meinte Peter dazu.
»Nein«, widersprach Justus hartnäckig, »ich habe jemand gesehen, ganz in Schwarz, und sicher ist er durch ein Fenster ins Haus eingestiegen!«
Onkel Titus zögerte. Er wusste, dass sein stämmiger Neffe eine rege Phantasie besaß, und er wollte auf keinen Fall unnötig Alarm schlagen. Doch er wusste auch, dass sich Justus gewöhnlich nicht zu irren pflegte.
»Na schön, dann kommt mit«, sagte Onkel Titus. »Berichten wir lieber gleich Professor Carswell, was du gesehen hast.«
Die beiden Jungen folgten Onkel Titus auf einem verkrauteten Fußweg zum Eingang des großen Hauses. Es war ein alter Bau aus dem vorigen Jahrhundert mit hölzernen Türmchen, zahlreichen spitzen Dachhauben und Giebeln, einer auf Säulen ruhenden Veranda und einem schweren Portal.
Der Mann, der auf ihr Klopfen hin an die Tür kam, war groß und mager und hatte tiefliegende, umschattete Augen. Obwohl es Juli war, trug er eine zerknitterte Tweedjacke. Er hielt ein dickes Buch mit fremdsprachigem Titel in der Hand.
»Professor Carswell?«, erkundigte sich Onkel Titus.
Der Professor lächelte. »Sie müssen Mr Jonas vom Altwarenhandel sein. Kommen Sie herein. Was ich Ihnen zu verkaufen habe –«
Onkel Titus unterbrach ihn: »Ich will Sie nicht beunruhigen, Herr Professor, aber mein Neffe behauptet steif und fest, er hätte vorhin eine ganz schwarz gekleidete Gestalt seitlich an Ihrem Haus hochklettern sehen.«
»Hier soll einer hochgeklettert sein?« Der Professor blinzelte

die Jungen und Onkel Titus an. »Das muss eine Täuschung sein.«
»Nein, Herr Professor«, sagte Justus eindringlich, »ich habe es ganz deutlich gesehen. Besitzen Sie irgendwelche Wertsachen, die einen Einbrecher interessieren könnten?«
»Leider nein, junger Mann. Rein gar nichts«, sagte Professor Carswell. »Aber wenn du sagst, du hättest etwas gesehen, dann will ich es nicht anzweifeln. Nur kann ich mir nicht vorstellen … ah! Natürlich! Du hast da meinen Sohn beim Spielen gesehen. Er hat ein schwarzes Cowboykostüm, und ich kann mir noch so große Mühe geben, aber Hal will nicht wahrhaben, dass man besser durch Türen geht als durch Fenster steigt.«
Wieder lächelte Professor Carswell, und Onkel Titus nickte. »Ja, das war's dann. Ich weiß zur Genüge, wie Jungen so sind, na!«, sagte der Eigentümer des Schrott- und Trödelmarkts.
»Wie alt ist denn Ihr Sohn, Herr Professor?«, fragte Justus.
»Ein wenig jünger als du, möchte ich meinen, aber größer. So groß wie dein Freund hier.« Der Professor nickte zu Peter hinüber.
»Die Person, die ich gesehen habe, war viel größer«, sagte Justus sehr bestimmt.
»So?« Professor Carswell sah Justus skeptisch an. »Na gut, junger Mann. Wollen wir mal sehen, ob dein Einbrecher im Haus ist.«
Der Professor führte seine Besucher durchs Erdgeschoss des großen alten Hauses. Viele Räume waren abgeschlossen und standen leer.
»Ein Sprachwissenschaftler kann sich heutzutage ein solches Haus eigentlich gar nicht leisten«, sagte der Professor be-

kümmert. »Meine Vorfahren waren wohlhabende Kapitäne, die im Orient Handel trieben. Sie haben dieses Haus erbaut. Heute stehe ich mit meinem Sohn allein. Ein Vetter hat uns das Anwesen vor einem Jahr hinterlassen. Hier im Haus schlossen wir fast alle Räume ab, und das ehemalige Hausmeisterhäuschen hatten wir immer vermietet, damit wir einigermaßen auskamen.«

In den Erdgeschossräumen fand sich nichts, und sie gingen ins Obergeschoss.

Auch dort waren die meisten Zimmer leer, und nichts deutete auf einen unbefugten Eindringling hin. Justus sah sich in allen Räumen gründlich um.

»Viel zu stehlen gibt's hier nicht«, gab er zu.

»Das hört sich richtig enttäuscht an«, meinte der Professor.

»Justus liebt das große Geheimnis«, sagte Peter. »Aber hier ist ganz bestimmt kein Einbrecher.«

»Professor Carswells Sohn ist aber auch nicht im Haus«, bemerkte Justus nachdenklich. »Ich weiß doch, dass ich jemand gesehen habe. Sie haben Onkel Titus hergebeten, um uns ein paar Sachen zu verkaufen. Ist etwas Wertvolles dabei?«

»Würde mich freuen, wenn es so wäre«, meinte Professor Carswell. »Aber es ist nur das, was der arme alte Mr Cameron hinterließ, als er vor einem Monat in unserem Häuschen starb. Zwei Reisekoffer samt Inhalt und ein paar von ihm gemalte Bilder. Der alte Cameron war ein richtiger Einsiedler. Er hatte nie viel, und in den letzten Monaten ist er mir auch noch die Miete schuldig geblieben. Ich hoffe, dass mir der Verkauf seiner Habseligkeiten ein paar Dollar einbringt.«

»Manchmal haben Einsiedler verborgene Reichtümer«, sagte Justus.

Professor Carswell lächelte. »Du redest wie ein Detektiv.«
»Wir sind auch Detektive!«, platzte Peter da heraus. »Zeig her, Just!«
Justus zog eine Visitenkarte hervor, auf der gedruckt stand:

»Oho, das ist ja sehr eindrucksvoll«, sagte Professor Carswell. »Es tut mir richtig leid für euch beide, dass es hier nichts zu ermitteln gibt. Was ihr gesehen habt, sind wohl doch die Schatten im Canyon gewesen.«
Der Professor hatte kaum ausgeredet, als ein Schrei zu hören war:
»Hilfe! Hilfe!«
Alle standen starr. Professor Carswell horchte und erblasste jäh.
»Hilfe!« Der Schrei kam von draußen. »Papa!«
»Das ist mein Sohn Hal!«, rief Professor Carswell. »Schnell!«
Er lief die Treppe hinunter und zur Tür hinaus, Onkel Titus und die Jungen dicht hinter ihm. Durch das Dämmerlicht im Canyon drang wieder der Schrei – er kam vom Häuschen links drüben.
»Hilfe!«

Justus hat recht und irrt sich dann doch

Professor Carswell rannte über den Rasen vor dem großen Haus auf das kleine Häuschen zu, dicht gefolgt von Onkel Titus und Peter. Justus mit seinem Übergewicht kam als Letzter angekeucht. Außer Atem liefen sie unter der geflickten Markise über die Veranda und drangen in die kleine Wohnstube ein. Der Raum war karg möbliert – und niemand war darin!

»Harold!«, schrie der Professor voller Entsetzen.

»Papa!«, rief es da. »Hilf mir!«

Die Stimme kam aus der winzig kleinen Schlafkammer nebenan. Peter und Onkel Titus traten hinter dem Professor ein. Sie sahen eine schmale Liege, einen Stuhl und einen großen Schreibtisch, der umgestoßen worden war. Ein magerer Junge lag auf dem Fußboden, halb unter dem Schreibtisch. Professor Carswell lief hin.

»Mir ist nichts passiert, Papa«, sagte der Junge. »Ich komm nur hier nicht raus.«

Mit vereinten Kräften stellten Professor Carswell, Peter und Onkel Titus den schweren Schreibtisch auf die Füße. Hal Carswell stand auf und klopfte sich den Staub ab.

»Ich hatte hier drin ein Geräusch gehört«, erklärte Hal, »und da wollte ich mal nachsehen. Es war jemand da, ganz in Schwarz – und maskiert. Als ich schrie, stieß er den Schreibtisch um, einfach auf mich drauf, und lief zur Hintertür hinaus!«

»Dann hatte Justus recht!«, rief Peter. »Er hat also doch einen Mann in Schwarz gesehen – aber der Mann muss auf dem Weg *aus* dem Haus gewesen sein, nicht *ins* Haus! Just …«
Peter sah sich in der Schlafkammer um und dann noch in der kleinen Wohnstube. Doch Justus war im Häuschen nirgends zu finden.
»Justus Jonas!«, rief Onkel Titus laut.
»Mann!«, sagte Peter beklommen. »Er kam doch gleich hinter uns, als wir drüben aus dem Haus rannten. Wo kann er bloß sein?«
Professor Carswell wandte sich an seinen Sohn. »Du sagst, da wollte einer einbrechen und lief dann zur Hintertür hinaus. Hatte er eine Waffe, Hal?«
»Das konnte ich nicht –«
Wieder erstarrten sie alle, als ein Schrei aus dem Zwielicht hinter dem Häuschen kam.
Professor Carswell fuhr herum. »Das hört sich an, als käme es aus der Schlucht hinter dem Haus! Vielleicht ist jemand hineingestürzt!«
»Ist das eine tiefe Schlucht?«, fragte Onkel Titus. »Na, tief genug für einen bösen Sturz«, sagte Professor Carswell.
»Wir müssen hin.«
Der hochgewachsene Professor führte sie rasch hinter das kleine Haus, wo sie in den immer länger werdenden Schatten des Canyons hastig durch dichtes Gestrüpp und Eichendickicht drangen. Vor einem engen, etwa drei Meter tief eingeschnittenen Bachbett machten sie jäh halt. Die Schlucht verlief quer zum Canyon und schlängelte sich in beiden Richtungen in die Ferne. Der ausgetrocknete Grund war mit schweren Steinbrocken und abgestorbenen Bäumen übersät.

Von Justus oder sonst einem Menschen war nichts zu sehen.
»Da!«, sagte Peter.
Dunkle Flecken zeigten sich drunten und rechts am Hang auf ein paar Felsbrocken. Die vier rutschten die steile Böschung hinunter und beugten sich über die dunklen Stellen. Peter berührte einen Stein. Er war nass.
»Blut«, sagte der Zweite Detektiv und schluckte.

Als Peter und die anderen vorher in das Häuschen eingedrungen waren, war Justus weit zurückgeblieben. Er sah, wie die schwarzgekleidete Gestalt hinter dem Häuschen hervorgelaufen kam und auf das undurchdringliche Gestrüpp hinten auf dem Grundstück zueilte.
Der gewichtige Erste Detektiv machte sich sofort klar, dass außer ihm niemand den flüchtenden Eindringling gesehen hatte. Der Mann würde mit Sicherheit entkommen, wenn Justus erst noch die anderen im Häuschen alarmierte. Er zögerte nur eine Sekunde lang, dann machte er kehrt und verfolgte die davonlaufende Gestalt.
Justus kam jedoch nicht mehr dazu, sich den Mann genau anzusehen, ehe dieser in Dickicht und staubgrauem Eichengehölz verschwand. Keuchend erreichte der Erste Detektiv das verfilzte Unterholz – und genau da hörte er vor sich den Schrei. Es gab ein lautes Knacken, dann ein Schleifen, einen schweren Fall, einen lauten dumpfen Aufprall und einen gepressten Schmerzensschrei. Justus drang im dichten Gestrüpp bis zum Rand der engen Schlucht vor. In dem schattigen Dämmerlicht auf dem Grund des Bachbetts tief unten richtete sich die schwarze Gestalt mühsam auf und hinkte am

Steilbang entlang nach rechts davon. Dabei zog der Mann das linke Bein nach.

Die drei ??? *Man kann es ja verraten, ohne zu viel preiszugeben: Dieses Hinken wird den drei ??? noch einiges Kopfzerbrechen bereiten.*

Justus rutschte hinunter, und auf dem Grund der Schlucht entdeckte er Blut auf ein paar Steinen. Eine Blutspur wies nach rechts. Vorsichtig folgte Justus der Spur. Der tiefe Einschnitt bot sich als Hinterhalt geradezu an, falls der Eindringling wusste, dass er verfolgt wurde.
Plötzlich schlug eine Autotür zu, und ein Wagen wurde angelassen. Justus fing an zu laufen. Ein kleines Stück weiter vorn mündete die Schlucht in die durch den breiten Canyon verlaufende Landstraße, die beim Carswell'schen Grundstück eine scharfe Biegung machte und dann in Richtung Rocky Beach weiterführte. Doch als Justus an der Straße anlangte, sah er nur noch die Rücklichter des Wagens stadteinwärts verschwinden.

Peter starrte noch immer auf das Blut an den Steinen in der Schlucht, als er Schritte hörte. Auch Onkel Titus hörte sie.
»Runter, Peter!«, sagte er. »Duckt euch alle!«
Alle duckten sich in die Schatten der Schlucht – bereit, sich auf den Eindringling zu stürzen.
Da kam Justus um die Biegung im Bachbett.
»Just!«, rief Peter. »Was war denn los?«
»Ich habe Jagd auf den Kerl gemacht«, sagte Justus, »aber er ist mir durchgegangen.«

»Justus Jonas!«, brauste Onkel Titus auf. »Du müsstest doch so gescheit sein, einen Dieb nicht auf eigene Faust stellen zu wollen!«
»Ich wollte ihn ja nicht stellen, Onkel Titus. Ich ging ihm nur nach, damit ich vielleicht sein Gesicht zu sehen kriegte, aber es war dunkel, und er hatte ein Auto.«
Professor Carswell schüttelte den Kopf. »Ich begreife nicht, was so einer hier sucht. Ich kann mir nur vorstellen, dass er sich getäuscht hat. Es gibt nämlich reiche Leute in den großen Landhäusern hier am Canyon, und da hat er sich wohl in der Tür geirrt. Na, sei's drum – kommen wir jetzt zum Geschäftlichen, Mr Jonas?«
Sie gingen gemeinsam zum Malerhäuschen zurück. Professor Carswell machte Licht und holte aus dem Wandschrank in der Schlafkammer zwei alte Lederkoffer. In dem einen waren Kleider – ein altmodischer Frack, ein grauer Flanellanzug und mehrere Hemden, Krawatten und Socken. Im anderen waren Malfarben, eine ausgestopfte Eule, eine kleine Statue der Venus, ein großes Fernglas und ein Kasten mit silbernen Gabeln, Messern und Löffeln.
»Der alte Joshua trat ziemlich ungehobelt auf und trug immer nur einen Pullover und eine alte Hose«, sagte Professor Carswell. »Aber ich merkte, dass er recht gebildet war, und zum Essen benutzte er immer sein Silber. Nur hat er in den sieben Monaten, die er hier zubrachte, eigentlich nie was anderes getan als in unserem Gartenstuhl auf dem Rasen gesessen und Skizzen gemacht. Und dann malte er die ganze Nacht durch. Hier …«
Der Professor nahm eine Segeltuchplane von einem Stapel in der Ecke ab und enthüllte zwanzig Gemälde. Alle Bilder

zeigten das Häuschen und den Garten. Auf manchen war das kleine Haus ganz aus der Nähe erfasst, während es auf anderen so weit entfernt war, dass man nur die gestreifte Markise über der Veranda mit ihren Flicken erkennen konnte.

»Die sind nicht schlecht«, sagte Onkel Titus. Seine Augen leuchteten, als er den Blick über die Koffer, das Silberbesteck und die Ölbilder schweifen ließ. Nichts genoss Onkel Titus mehr, als Dinge einzuhandeln, die er in seinem Trödelmarkt wieder verkaufen konnte. Seine Frau, Justs Tante Mathilda, beklagte sich oft über die ausgefallenen Objekte, die er aufgabelte. Aber Onkel Titus war stets überzeugt, dass sich ein Käufer finden würde. Und für gewöhnlich behielt er recht.

»All das Zeug wollen Sie verkaufen?«, fragte Titus Jonas.

»Ja. Der alte Mann hat mir ja Mietschulden hinterlassen«, sagte Professor Carswell. »Manchmal bekam er aus Europa Geld geschickt, und an diese Anschrift schrieb ich dann, aber es kam keine Antwort, und es hat sich niemand hier gemeldet. Und ich brauche das Geld.«

Während Onkel Titus und der Professor den Preis aushandelten, schaute sich Justus mit einiger Enttäuschung die Habseligkeiten des Joshua Cameron an. Da war rein gar nichts, das wirklich wertvoll aussah.

»Was ist Mr Cameron zugestoßen, Hal?«, fragte er.

»Er wurde einfach krank«, sagte Hal Carswell. »Ich wollte ihm gern helfen, aber er hatte schon Fieberphantasien. Er brabbelte dauernd was von ›Leinwand‹ und ›Zickzack‹. Der Arzt kam her und wollte ihn ins Krankenhaus einweisen, aber Mr Cameron starb vorher. Er war eben alt und krank.«

»Na«, sagte Peter, »unter seinen Sachen gibt es gewiss nicht

viele, die einen Dieb interessieren würden, Just. Da hat sich wohl doch einer getäuscht.«
Justus nickte verdrossen. Sie luden Joshua Camerons Hinterlassenschaft auf den Lastwagen und fuhren auf der gewundenen Canyonstraße nach Hause. Als der Lastwagen an der Einmündung der engen Querschlucht vorüberfuhr, zog Justus die Stirn in Falten.
»Diebe irren sich normalerweise nicht in der Tür«, sagte der untersetzte Erste Detektiv nachdenklich.
»Wahrscheinlich werden wir nie genau erfahren, was der Kerl wollte«, sagte Peter.
»So wird es sein«, meinte Justus und seufzte.
Aber da hatten sich beide geirrt.

Kundschaft auf dem Schrottplatz

In der folgenden Woche arbeiteten Justus und der Dritte im Bunde der drei ???, Bob Andrews, einmal nachmittags auf dem Schrottplatz. Bob sah als Erster den langen gelben Mercedes in den Lagerhof einbiegen und vor dem Büro anhalten.

Ein kleiner eleganter Herr entstieg der Luxuskarosse. Sein graues Haar glänzte in der Nachmittagssonne wie Silber. Er trug einen weißen Sommeranzug mit blauseidener Weste. Er schwenkte ein dünnes schwarzes Stöckchen, und in seiner Hand blinkte etwas. Ganz kurz blieb er stehen und sah zu den Jungen hinüber. Dann strebte er zielsicher zum Büro der Firma Jonas.

Beide Jungen blickten dem geschniegelten kleinen Mann mit großen Augen nach. Dann räusperte Justus sich.

»Da fällt mir ein – wir sollen ja Onkel Titus im Büro vertreten! Los, komm.«

Die Jungen liefen auf das Büro zu. Gerade als sie bei dem gelben Mercedes ankamen, öffnete sich die hintere Tür, und eine große schlanke Dame mit hochgetürmtem blaugrauem Haar stieg aus. Sie trug ein weißes Seidenkleid und eine schlichte Diamantbrosche. Mit majestätischem Blick musterte sie die Jungen von oben herab.

»Ich wünsche einen gewissen Herrn Titus Jonas zu sprechen. »Ist er da?«

»Mein Onkel ist zur Zeit nicht im Betrieb. Ich vertrete ihn hier, Madam«, erklärte Justus nun der majestätischen Dame.

»Tatsächlich? Bist du nicht etwas zu jung für eine solche Vertretung?«

»Ich glaube nicht, Madam«, sagte Justus mit fester Stimme.

»Gut.« Die Dame lächelte. »Ich schätze Selbstvertrauen, junger Mann.«

»Außerdem«, fügte Bob mit freundlichem Lächeln hinzu, »kommen nach fünf sowieso nicht mehr viele Kunden.«

Jetzt lachte die Dame. »Aufrichtigkeit schätze ich ebenfalls. Aber jetzt habt ihr wirklich einen Kunden. Mein Gutsverwalter, Mr Marechal, ist bereits in eurem Büro: Ich schlage vor, dass wir zu ihm gehen.«

Als die Jungen der eleganten Dame ins Büro folgten, trat der kleine Mann mit dem Silberhaar hastig von Onkel Titus' Schreibtisch zurück. Justus stellte fest, dass das Wareneingangsbuch des Betriebs auf dem Schreibtisch lag, doch offenbar nicht am angestammten Platz.

»Armand«, sagte die Dame gebieterisch, »anscheinend vertreten diese Jungen hier den Geschäftsinhaber.«

»So?« Der Mann verbeugte sich vor den Jungen. Sie sahen, was draußen in seiner Hand geblinkt hatte – sein Stöckchen hatte einen dicken Silberknauf. »Dann werde ich unser geschäftliches Anliegen vorbringen. Die Gräfin wünscht die Hinterlassenschaft des verstorbenen Mr Joshua Cameron zu erwerben, die Professor Carswell an Sie verkauft hat. Wir werden selbstverständlich einen angemessenen Preis bezahlen, um Sie für Ihren Aufwand zu entschädigen.«

»Befindet sich im Nachlass etwas Wertvolles, Sir?«, fragte Justus beflissen.

»Leider nein – die Sachen besitzen nur Liebhaberwert«, sagte die große Dame.

»Die Gräfin ist Joshua Camerons Schwester«, setzte der Mann hinzu.
Bob platzte heraus: »Sind Sie wirklich eine Gräfin?«
»Ja, mein verstorbener Mann hatte den Grafentitel«, sagte die Gräfin mit einem Lächeln, »aber mein Geburtsname ist Cameron. Joshua war ein Sonderling und ein Einsiedler, und da ich zwanzig Jahre jünger bin, standen wir uns nicht sehr nahe. Dennoch schmerzt es mich sehr, dass er einsam in fremder Umgebung starb.«
»Es ist nämlich so«, sagte Mr Marechal, »wir waren bis vor wenigen Tagen in Afrika und erhielten jetzt erst Professor Carswells Brief, in dem er uns Joshuas trauriges Ableben mitteilte. Wir buchten sofort einen Flug in die Vereinigten Staaten, aber leider hatte Professor Carswell Joshuas Sachen schon an euch verkauft, um die Mietschulden zu decken. Eine geringe Summe, die wir mit Freuden verdoppeln werden, wenn der Nachlass in unsere Hände gelangt.«
»Wir holen die Sachen«, erklärte Bob. »Bitte einen Augenblick Geduld, Gräfin.«
Die Jungen nahmen das Wareneingangsbuch zur Hand und gingen damit ins Lager hinaus. Justus suchte nach den Koffern, den Kleidungsstücken und dem Silber. Bob versuchte die ausgestopfte Eule, die Venus-Statue und das Fernglas aufzuspüren. Dann fragten sie die irischen Brüder Patrick und Kenneth, die im Betrieb mitarbeiteten, nach den zwanzig Ölbildern. Fünfzehn Minuten später kamen die Jungen niedergeschlagen ins Büro zurück.
»Es tut mir leid«, sagte Justus betrübt, »aber anscheinend ist alles schon wieder verkauft, bis auf die Kleider.«
»Die Kleider könnt ihr behalten«, sagte Mr Marechal. »Aber

sonst habt ihr nichts gefunden? Nicht einmal seine Bilder?«

»Ja, das ist eigenartig«, bekannte Justus. »Wir verkaufen nicht oft Gemälde, aber sie sind alle weg.«

»Und wo?«, fragte Mr Marechal.

Justus schüttelte den Kopf. »Wir führen Buch über alle Einkäufe, Mr Marechal, und über die jeweilige Quelle, aber nicht über unsere Abnehmer. Es kommen so oft Leute her und kaufen nur ein Stück, und im Verkauf helfen wir alle mit. Kenneth, einer von unseren Lagerhelfern, meint, dass er alle Bilder auf einmal an einen Mann verkauft hat, aber er kann sich nicht erinnern, wer das war. An Kunden erinnert sich bei uns normalerweise niemand.«

»Das ist aber äußerst bedauerlich«, sagte die Gräfin.

»Könnt ihr die Sachen nicht irgendwie wieder auftreiben?«, fragte Mr Marechal.

Justs Augen leuchteten auf. »Na ja, Sir, vielleicht könnten wir nachforschen, wenn ...«

Er zögerte. Die Gräfin hob die Brauen.

»Wenn – was, junger Mann?«, sagte sie. »Nur zu, sprich!«

Justus richtete sich hoch auf, um so imposant wie möglich zu erscheinen. »Wenn Sie uns offiziell damit beauftragen. Zufällig sind wir, Bob und ich, zusammen mit unserem Freund Peter ein Detektivteam. Hier sind unsere Karten.«

Der gewichtige Erste Detektiv zeigte die Geschäftskarte der drei ??? vor und dann noch die grüne Karte, worauf stand:

Der Inhaber dieses Ausweises ist ehrenamtlicher Junior-Assistent und Mitarbeiter der Polizeidirektion von Rocky Beach. Die Behörde befürwortet jegliche Unterstützung von dritter Seite.

gez. Samuel Reynolds

Polizeihauptkommissar

Die Gräfin lächelte. »Das ist recht eindrucksvoll, mein Junge, aber –«

»Verzeihung, Gräfin«, unterbrach Mr Marechal. Er nickte den Jungen zu. »Wir sind hier fremd. Die Jungen kennen sich in der Gegend aus, haben Erfahrung und wissen, was gesucht wird. Außerdem sind die Leute vielleicht eher bereit, Joshuas Sachen den Jungen zurückzugeben. Sie machen einen recht intelligenten Eindruck. Sollen sie es doch versuchen!«

Die Gräfin überlegte. »Nun ja, Armand, vielleicht haben Sie recht. Es läge mir schon sehr viel an den Erbstücken aus unserem Familienbesitz und an den letzten Gemälden unseres armen Joshua.«

»Wir werden die Sachen finden, Madam«, sagten beide Jungen einstimmig.

»Gut«, sagte Mr Marechal. »Wir sind im Motel ›Cliff House‹ an der Küstenstraße zu erreichen. Eine Woche lang werden wir dort wohnen. Dann muss die Gräfin nach Europa zurück. Viel Glück euch beiden.«

Die Gräfin und Mr Marechal gingen zu ihrem Mercedes und fuhren weg.

Sobald der gelbe Wagen außer Sicht war, rief Bob: »Just, wie sollen wir nur –«

Der für das Ressort »Recherchen und Archiv« zuständige Detektiv hielt mitten im Satz inne. Justus starrte einem kleinen blauen Sportwagen nach, der gerade am offenen Hoftor des Schrottplatzes vorüberfuhr und hinter dem gelben Mercedes auf der Straße verschwand.

»Eigenartig«, sagte Justus.

»Was meinst du?«, fragte Bob.

»Dieser blaue Wagen ist angefahren, als gerade der Mercedes

hier wegfuhr. Er muss draußen auf der Straße geparkt haben«, meinte Justus nachdenklich.

»Na und?«

»Dort parken kaum Leute, außer wenn sie zu uns wollen – und in der letzten halben Stunde war außer der Gräfin und Mr Marechal kein Kunde hier.«

»Du meinst, das blaue Auto verfolgt den –«

Ehe Bob ausreden konnte, bog ein Junge auf einem Fahrrad in den Schrottplatz ein. Es war der schlanke, dunkelhaarige Sohn von Professor Carswell.

»Hallo!«, rief Hal Carswell, als er die beiden sah. »War die Gräfin schon da?«

»Sie ist eben wieder weggefahren, Hal«, sagte Bob.

»Habt ihr Mr Camerons Sachen zurückgegeben?«

»Das meiste hatten wir schon verkauft«, sagte Justus. »Aber ich denke, wir kriegen alles wieder.«

»Puh!«, machte Hal. »Das beruhigt mich aber! Die Gräfin und Mr Marechal waren gleich nach Mittag bei uns zu Hause. Als Papa ihnen sagte, dass wir Mr Camerons Sachen an euch verkauft hatten, wurde die Gräfin bitterböse und sagte, wir hätten erst Antwort auf unseren Brief abwarten müssen. Mr Marechal beschwichtigte und meinte, wir hätten ja nicht wissen können, dass der alte Joshua eine Schwester hatte. Papa macht sich allerdings Sorgen, das weiß ich. Vielleicht hätten wir das Zeug doch nicht verkaufen sollen. Die Gräfin könnte recht unangenehm werden, wenn sie es nicht zurückbekommt.«

»Sag mal, Hal«, meinte Justus. »Als die Gräfin und Mr Marechal bei euch im Haus waren, ist dir da irgendwo in der Nähe ein blauer Sportwagen aufgefallen?«

»Ein blauer Sportwagen …« Hal überlegte kurz. »Ja! Da war einer! Ein blaues Auto fuhr die Canyonstraße entlang, als die Gräfin gerade wieder weg war. Es ist mir aufgefallen, weil ich es nicht kenne. Wir haben auf unserer Straße nicht viel Verkehr – es ist eine Sackgasse, und sonst kommen nur die Nachbarn vorbei. Aber um was geht es eigentlich?«
»Wir haben vorhin auch einen blauen Wagen gesehen, und der ist der Gräfin von hier aus gefolgt!«, sagte Bob.
»Ihr meint, da spioniert ihr jemand nach?«
»Es hat ganz den Anschein«, sagte Justus mit nachdenklicher Miene. »Erst bricht jemand in euer Häuschen ein, Hal. Jetzt beobachtet einer die Gräfin und Mr Marechal. In beiden Fällen geht es um die Habe des alten Joshua Cameron. Irgendwie ist das Ganze schon merkwürdig, Leute.«
»Glaubst du, der alte Joshua hatte doch etwas Wertvolles?« fragte Bob.
»Ich weiß noch nicht, Kollege. Nun lass mal erst unsere Sorge sein, dass wir die Sachen des Alten wieder beischaffen, egal, wer sie gekauft hat.«
»Egal, wer sie gekauft hat?«, wiederholte Hal. »Wisst ihr nicht, wer der Käufer war?«
»Wir haben keine Ahnung«, sagte Justus schlicht.
»Ja, aber«, sagte Hal erschrocken, »wie könnt ihr sie dann wiederkriegen?«
Bob sagte: »Ich wüsste, wie.«
»Ja«, sagte Justus. »Wir lassen eine Telefon-Lawine los!«

Justus macht einen Fehler

»Telefon-Lawine?«, fragte Hal verwundert. »Was ist denn das? Da kriegt ihr sicher eine phantastische Gebührenrechnung zusammen?«

»Nein, das verteilt sich«, sagte Justus. Hal staunte noch mehr. Doch da kam Onkel Titus in den Hof gefahren, und Justus und Bob waren bis zum Abendessen anderweitig verpflichtet. Hinterher verzogen sie sich mit Hal in die Geheimzentrale der drei ???, einen beschädigten alten Wohnwagen, der am Rand des Lagerplatzes abgestellt war, hinter hohen Stapeln von Schrott und Gerümpel verborgen. Den Haupteingang zur Zentrale bildete Tunnel II, eine weite Wellblechröhre, die unter dem ringsum aufgehäuften Lagergut hindurch zu einer Falltür im Fußboden des Anhängers führte. Die Jungen krochen durch diese Röhre und kamen in einem kleinen Raum wieder ans Tageslicht. Er war mit allem Möglichen vollgestopft – Schreibtisch, Stühle, Aktenschränke, ein Telefon und verschiedene Geräte, die Justus für die Ermittlungsarbeit der drei ??? ersonnen hatte. Von diesem Büro aus ging es noch in ein kleines Labor und eine Dunkelkammer.

Hal bewunderte die Ausstattung, kam aber rasch wieder auf das anstehende Problem zu sprechen. »Wie könnt ihr«, fragte er noch einmal, »Mr Camerons Sachen finden, wenn ihr nicht mal wisst, wer sie gekauft hat?«

»Wie viele Freunde hast du, Hal?«, wollte Justus wissen.

»Was? Na, richtige Freunde vielleicht fünf. Wieso?«

Justus setzte Hal auseinander, dass er diese Freunde anrufen und jedem von ihnen die gesuchten Dinge aufzählen müsse. Jeder Freund würde dann seinerseits fünf Freunde anrufen, diese wiederum jeweils fünf andere, und so fort. Justus, Bob und Peter würden das Gleiche tun.

»In ein paar Stunden sucht dann die gesamte Jugend von Rocky Beach nach den Sachen. Vielleicht sogar Kinder aus Los Angeles oder Oxnard.«

»Toll!«, sagte Hal. Im Kopf überschlug er, wie viele Tausende von Leuten auf diese Art angesprochen werden konnten. »So könntet ihr ja die ganze Welt mobil machen!«

»Na«, sagte Justus, »weltweit haben wir's noch nicht probiert, aber wenn wir die Sprachbarrieren überwinden könnten, wäre es wahrscheinlich zu schaffen.«

»Wann ist frühestens etwas zu erwarten?«, fragte Hal. »Ich muss zum Abendessen nach Hause, und Papa nimmt mich dann nach Los Angeles mit.«

»Nicht vor morgen früh«, beschied ihn Justus. »Die Jungen und Mädchen, die wir anrufen, können nach dem Abendessen mit der Suche anfangen, wenn die meisten Leute zu Hause sind. Unser Aufruf enthält die gesuchten Gegenstände, den von uns gebotenen Preis und den Ablieferungsort. Wir werden auch angeben, dass jeder, der etwas entdeckt, uns davon erst eine telefonische Beschreibung gibt. So können wir die Sachen aussondern, die mit Sicherheit nicht aus Mr Camerons Besitz stammen, und werden hier nicht von einer Horde Kinder überlaufen.«

»Eine Belohnung müssen wir auch aussetzen«, erinnerte Bob den Ersten Detektiv.

»Hm«, überlegte Justus. »Sagen wir, dass jeder, der das Richtige bringt, sich aus unserem Trödellager irgendwas im Wert von höchstens einem Dollar aussuchen darf. Und die Sachen des alten Joshua werden wir natürlich zum Einkaufspreis zurücknehmen.«

Sie fassten den Text des Aufrufs mit der Aufzählung der gesuchten Dinge ab, und Justus rief Peter an, um ihn von ihrem Vorhaben zu unterrichten. Dann gingen die drei Jungen zum Essen nach Hause. Und noch vor acht Uhr war an diesem Abend jeder Junge und jedes Mädchen in Rocky Beach auf der Fahndung nach Joshua Camerons Habseligkeiten.

Die drei ??? *Lasst eurer Phantasie ruhig freien Lauf: Laut Titel geht es um rätselhafte Bilder – und zwanzig Ölbilder sind mittlerweile verschollen. Wo, wie und weshalb?*

Gegen neun Uhr am nächsten Morgen hatten sich die drei ??? in der Zentrale versammelt und harrten dort der Ergebnisse der Telefon-Lawine. Erwartungsvoll belauerten sie das Telefon.

»Es wird eine Menge Falschmeldungen geben«, meinte Justus, »aber da wir die Leute zuvor hier anrufen lassen, brauchen sie ihre Zeit nicht weiter zu verschwenden.«

Justus war richtig stolz auf seine Planung und Voraussicht, aber als es dann zehn Uhr wurde, schien doch etwas schiefgegangen zu sein. Das Telefon in der Zentrale hatte noch kein einziges Mal geklingelt! Schon begann Justs Zuversicht zu schwinden, und Peter sah unbehaglich drein.

Justus biss sich auf die Lippe. »Irgendeiner hätte doch schon anrufen müssen.«

Plötzlich klopfte es an die Falltür zu Tunnel II. Die Jungen sahen sich mit ungutem Gefühl an. Schließlich ging Bob hin und hob die Klappe hoch. Hal Carswell kam heraufgeklettert.

»Na, hört mal, wieso steckt ihr hier drin?«, sagte der Sohn des Professors. »Draußen auf dem Schrottplatz wimmelt es von Kindern, die nach euch fragen!«

»Draußen ...« Justus versagte die Stimme. »Aber wir sagten doch allen ...«

»Hmm – Just«, sagte Peter zögernd, »ich habe versucht, mich genau zu entsinnen. Wir sagten zwar den Kindern, sie sollten hier anrufen, aber ich wüsste nicht, dass wir ihnen auch unsere Telefonnummer genannt hätten. Im Telefonbuch stehen wir nicht – und wer ruft schon die Auskunft an, wo die dauernd belegt ist?«

»Mann«, fiel Bob ein, »unsere Telefonnummer haben wir wirklich vergessen, Just!«

Justus wurde rot, als er sich den Wortlaut des Aufrufs, den er am Vorabend für die Durchsage übers Telefon niedergeschrieben hatte, nochmals durchlas.

»Tja ... das hab ich wohl vergessen«, sagte Justus. »Dann wollen wir mal rausgehen.«

»Ist Onkel Titus draußen?«, fragte Peter Hal Carswell.

»Ich habe nur eure beiden starken Mannen gesehen«, sagte Hal.

»Sie waren ganz von Kindern umlagert.«

»Ich hab eigentlich keine Lust rauszugehen«, sagte Peter.

Justus holte tief Atem. »Ich fürchte, es bleibt uns nicht erspart.«

Sie traten hinaus, mitten ins Getümmel.

»Ach, du Schreck!«, stöhnte Peter.

»Phantastisch«, sagte Hal. »Da kommen ja immer noch welche!«
Justus konnte nur hinstarren.
Überall auf dem Schrottplatz wimmelte es von Jungen und Mädchen. Sie riefen und liefen durcheinander, und manche erklommen die hohen Schrottberge. Sie waren zu Hunderten da, ameisengleich. Sie umdrängten Patrick und Kenneth und hielten die Sachen hoch, die sie auf die Telefon-Lawine hin gefunden hatten. Und immer noch mehr kamen an, auf Fahrrädern, in Kettcars, auf Rollern und zu Fuß. Sogar ältere Jungen auf Mopeds und in wild bemalten alten Autos waren dabei.
»Ich weiß gar nicht, was ihr alle wollt!«, schrie Patrick.
»Wir haben euch nicht herbestellt!«, wehrte sich Kenneth.
Plötzlich sichteten ein paar Kinder den Ersten Detektiv und seine Freunde.
»Da! Das müssen sie sein!«, rief ein Junge.
Im nächsten Augenblick stürzte die ganze Horde Kinder auf die drei ??? und Hal los. Justus wurde bleich. Er war früher einmal beim Fernsehen als Kinderstar namens »Pummel« aufgetreten, und seit ihn in dieser Glanzzeit die Fans bestürmt hatten, hasste Justus jeglichen Massenandrang.
Bob rief: »Was machen wir nur, Just?«
»Ich … ich …«, stammelte Justus.
»Wir setzen uns ab!«, schrie Peter.
Plötzlich stellte sich Hal Carswell auf eine Benzintonne. Hoch über der heranbrandenden Horde brüllte Hal Sätze in einer fremden Sprache heraus und schwenkte gebieterisch die Arme. Da hemmte die wilde Meute ihren Lauf, und alle Kinder starrten zu ihm hinauf, verwirrt und verdutzt.

»Schnell, Just!«, drängte Peter. »Was können wir ihnen allen als kleinen Trostpreis geben? Mach schon!«
»Geben … oh …«, stotterte Justus. »Ja … da ist ein Eimer mit alten Ansteckplaketten von den letzten Wahlen. Vielleicht sind die …«
»Großartig«, sagte Peter. »Dann machen wir uns mal stark!« Mutig schritt er mitten in den wilden Haufen Kinder, die alle etwas mitgebracht hatten, um es den drei ??? zu verkaufen.
»Alle herhören!«, schrie Peter. »Eine wertvolle historische Wahlplakette für jeden! Niemand hat sonst noch die gleichen! Wenn ihr welche wollt, stellt euch in Reihen uns gegenüber! Ganz links die Koffer, immer schön hintereinander! Daneben die ausgestopften Eulen und die Gipsfiguren, einer hinter dem anderen. Als dritte Schlange die Ferngläser. Als vierte die Silberbestecke. Und zuletzt die Bilder! Nicht drängeln, jeder kommt an die Reihe. Einer von uns steht am Kopf jeder Schlange und schaut sich an, was ihr gebracht habt. Alles klar? Dann in Schlangen aufstellen!«
Die Kinder, auch die älteren, stellten sich fix in langen Reihen hintereinander auf. Sie erkannten, dass auf diese Weise am schnellsten Ordnung ins Chaos kommen würde.
»Gut gemacht, Kollege«, sagte Justus beifällig zu Peter.
»Hal gebührt der Dank, er hat sie aufgehalten«, sagte Peter. »Einer von uns muss zwei Schlangen abfertigen, und die Plaketten soll Patrick austeilen.«
Vor jeder Schlange überprüfte einer der Jungen flink die einzelnen Gegenstände, wie sie die Kinder der Reihe nach herzeigten. Wer nicht das Richtige vorweisen konnte, wurde zu Patrick geschickt, um sich als Trostpreis seine Plakette zu holen. Nach einer Stunde war der Schrottplatz wieder so gut

wie leer – und die Jungen hatten die ausgestopfte Eule, beide Koffer, das Fernglas und das Silber.

»Ein Mädchen hat mir die Adresse genannt, wo die Venusstatue ist«, sagte Bob, »aber die Dame, die sie hat, will sie nicht wieder verkaufen. Ich hab dem Mädchen trotzdem die Belohnung gegeben.«

»Gut«, sagte Justus. »Jetzt geh los und versuche, ob du die Figur bekommen kannst, Bob. Und Peter, du rufst Mr Marechal und die Gräfin im Motel ›Cliff House‹ an und berichtest ihnen, was wir haben.«

Die beiden schwenkten ab.

»Na, das ging doch großartig, Just«, sagte Hal Carswell, als er sich anschaute, was sie erbeutet hatten. »Nur dass wir kein einziges von den Bildern wiedergekriegt haben!«

»Schade, die wird wohl jemand von auswärts –«, fing Justus an, dann hielt er inne. Er starrte auf ein blitzblankes Auto, das soeben in den Schrottplatz eingefahren war.

Ein großer, hagerer Junge, nicht viel älter als die drei ???, stieg aus dem Wagen. Er schnitt Justus eine boshafte Grimasse, und er trug ein Ölbild!

Ärger mit einem alten Rivalen

»Ist das vielleicht eins von den Bildern, die du suchst, Jonas?« fragte der hagere Junge.

»Skinny Norris!«, rief Justus. »Was willst du hier?«

Skinny Norris starrte Justus wütend an. Der böse Kerl hasste das Detektivtrio, und vor blankem Neid war er seit ihrem ersten Zusammentreffen bestrebt, ihnen alles kaputtzumachen. Obwohl nicht viel älter als die drei Freunde, besaß Skinny den Führerschein, weil seine Familie ihren ersten Wohnsitz in einem Nachbarstaat hatte, wo die Altersgrenze niedriger war. Damit fühlte Skinny sich den drei ??? überlegen.

»Das lass meine Sorge sein«, sagte Skinny. »Sag mir nur, ob das eins von den Bildern ist, hinter denen ihr her seid.«

Justus und Hal erkannten beide das Bild als eine der letzten Arbeiten von Joshua Cameron. Hal wollte gerade etwas sagen, als Justus rasch meinte: »Na ja, ganz sicher bin ich nicht, Skinny. Wo hast du es her?«

»Geht dich nichts an«, fauchte Skinny.

»Wir müssen genau wissen, ob du es auch verkaufen darfst«, sagte Hal rundheraus.

Skinny erbleichte. »Was meinst du damit?«

»Ich weiß nur, dass du es hier nicht gekauft hast«, sagte Justus.

»Vielleicht hast du es gestohlen!«, erklärte Hal kühn.

»Nein!«, konterte Skinny erbost, und dann verengten sich

seine Augen. »Also ist es eins von den richtigen Bildern! Hatte ich es mir doch gedacht.«
»Ja«, gab Justus zu. »Wir kaufen es dir ab, Skinny.«
»Nein, jetzt will ich es nicht mehr verkaufen«, sagte Skinny und ging rasch zu seinem Wagen zurück.
Ehe ihn die Jungen aufhalten konnten, war er abgefahren.
Peter kam vom Büro herübergelaufen. »Was wollte denn Skinny hier?«
»Er hatte eins von Joshuas Bildern!«, sagte Hal.
»Aber plötzlich wollte er es nicht mehr verkaufen«, setzte Justus hinzu.
»Ach, du liebe Zeit«, sagte Peter, »und ausgerechnet jetzt kommt Mr Marechal her.«
Während die Jungen auf Mr Marechal warteten, kam Bob von seinem Erkundungsgang nach der Venusstatue zurück.
»Die Dame will die Figur immer noch nicht verkaufen«, meldete er.
Dies und das ihnen entgangene Bild dämpfte ihre Hochstimmung über den Erfolg der Telefon-Lawine. Aber als Mr Marechal ankam, um die fünf Sachen abzuholen, die sie aufgetrieben hatten, strahlte er.
»Ihr seid großartige Detektive! Meinen Glückwunsch!«
»Die Figur haben wir leider nicht«, sagte Bob. »Eine Mrs Leary, Rojas Street 22, will sie nicht wieder hergeben.«
Justus berichtete, wie es sich mit Skinny und dem einen Bild, das sie bis jetzt aufgespürt hatten, zugetragen hatte.
»Na, die Adresse weiß ich ja nun. Ich werde selbst mit Mrs Leary sprechen«, sagte Mr Marechal. »Und dieser junge Norris wohnt doch in den Ferien immer hier in Rocky Beach? Eine stadtbekannte Familie, sagt ihr?«

»Ja, Sir«, erwiderte Peter. »Sie haben ein großes Haus am Strand.«
»Dann bin ich sicher, dass ihr drei eine Möglichkeit finden werdet, dieses Bild beizuschaffen. Na? Auch eine von Joshuas letzten Arbeiten würde der Gräfin Freude machen«, sagte Mr Marechal. »So, für jeden Gegenstand werde ich euch jetzt eine Anerkennungsgebühr von drei Dollar zusätzlich zum Kaufpreis bezahlen. Das macht fünfzehn Dollar für eure Bemühungen. Seid ihr damit zufrieden?«
»Ja, Sir!«, sagten die drei ??? wie aus einem Mund.
»Gut.« Mr Marechal lächelte. »Und ich hoffe sehr, dass eure Nachforschungen nach den Bildern ebenso erfolgreich verlaufen werden.«
Justus stellte Mr Marechal eine Quittung aus, während die anderen Jungen die wiedererlangten Objekte auf dem Rücksitz des Mercedes verstauten. Mit einer kleinen Verbeugung ging Mr Marechal zu seinem Wagen zurück, wobei er sein Stöckchen mit dem Silberknauf schwang, und Hal ging nach Hause, um seinem Vater vom Erfolg dieses Vormittags zu berichten.
Nach dem Mittagessen trafen sich die drei ??? wieder in ihrer Zentrale. Justus saß mit nachdenklichem Gesicht am Schreibtisch.
»Kollegen«, sagte der Erste Detektiv, »ich glaube nicht, dass Skinny überhaupt die Absicht hatte, uns das Bild zu verkaufen. Zumindest nicht jetzt. Ich glaube, es ging ihm nur darum, dass wir ihm die Echtheit bestätigen.«
»Wieso das, Just?«, fragte Bob.
»Das weiß ich nicht genau, Bob. Vielleicht weiß er tatsächlich, wo die anderen sind, und wollte sicher sein, dass sie

alle echt sind, ehe er sie zum Verkaufen herbringt. Oder vielleicht arbeitet er für einen Dritten, der nicht richtig weiß, wie die Bilder des alten Joshua eigentlich aussehen. Vielleicht der große Unbekannte mit dem blauen Sportwagen.«

»Wer könnte das nun wieder sein?«, meinte Peter.

»Ich weiß nicht, Kollege«, bekannte Justus. »Aber wir müssen versuchen, diese zwanzig Bilder für Mr Marechal zu finden, und dazu müssen wir uns an Skinny wenden.«

»Vielleicht will er nur den Preis hochtreiben«, meinte Bob.

»Das sähe Skinny ähnlich«, bestätigte Peter. »Rufen wir ihn doch an.«

Justus war einverstanden und schaltete den ans Telefon angeschlossenen selbstgebauten Lautsprecher ein. Gleich darauf hallte Skinny Norris' Stimme durch den Raum. »Lass mich endlich in Ruhe, Pummel. Ich muss weg, ich habe einen neuen Job.«

»Skinny, wir zahlen das Doppelte vom Kaufpreis für das Bild«, sagte Justus.

»Was für ein Bild?«, fragte Skinny und lachte wiehernd.

»Menschenskind«, fuhr Peter auf, »das weißt du ganz genau, Skinny!«

»Ihr Dummköpfe, ihr träumt wohl«, sagte Skinny.

Es gab ein Klicken, und dann war die Leitung tot. Skinny hatte aufgelegt. Die drei ??? sahen sich ratlos an.

»Wir können ihn ja beobachten, Chef«, sagte Peter. »Beschatten.«

Justus seufzte. »Er hat einen Wagen, Kollege. Wir haben nur Fahrräder. Onkel Titus würde uns ja mit Patrick oder Kenneth im kleinen Lastwagen losschicken, wenn wir wüssten, wohin, aber eben das wissen wir nicht. Wir haben keine Ahnung, wo Skinny dieses Bild herhat.«

»Wir können ihm unseren Signalgeber an den Wagen pappen!«, sagte Bob. »Er sagte, er hätte einen Job – vielleicht stammt das Bild von dort. Seine Eltern würden ihn zur Arbeit nicht zu weit weglassen. Wir könnten uns mit den Rädern bei seinem Haus aufstellen, und vielleicht kann dann einer von uns nah genug an ihm dranbleiben, um ihn mit dem Piepser bis an sein Ziel zu verfolgen!«

»Na ja«, erwog Justus, »ich denke, einen Versuch ist es wert. Wir probieren mal, in seinem Haus noch einmal mit ihm zu reden, und wenn das nicht klappt, dann nehmen wir den –«

Eine Stimme aus der Ferne ließ Justus mitten im Satz innehalten. Jemand rief seinen Namen. Peter ging zum Spion. Das war ein einfach konstruiertes, aber sehr zweckdienliches Periskop, das Justus gebaut hatte, damit die Jungen aus dem Wageninneren den Hof überblicken konnten. Peter spähte durch das Sehrohr.

»Es ist deine Tante Mathilda«, verkündete er dann. »Und sie hat einen Mann bei sich. Sie hat eine ganz schöne Wut im Gesicht!«

»Was ist das für ein Mann, Peter?«, fragte Justus.

»Ich hab ihn noch nie gesehen. Klein und dick, mit einem dunklen Anzug und mit Hut und – Just! Er trägt einen großen, flachen Koffer!«

Justus schaute durch den Spion. »Das ist so ein Kasten, in dem man Bilder transportiert! Kommt, Freunde.«

Sie hasteten durch Tunnel II ins Freie.

Der Hinkende

»So, da seid ihr endlich!«, sagte Tante Mathilda, als die Jungen hinter den Schrottbergen hervortraten. »Wo steckt ihr Lausebengels nur immer mitten im Gerümpel?«

»Bitte entschuldige, liebe Tante«, sagte Justus.

»Brauchst mir nicht schönzutun, Justus Jonas«, sagte seine Tante unwirsch. »Das ist Mr De Groot. Sagt, er sei Kunsthändler aus Holland. Er möchte dir zu diesen zwanzig Ölbildern, die dein Onkel letzte Woche bei den Leuten am Remuda Canyon gekauft hat, ein paar Fragen stellen. Allerdings ist mir nicht klar, was jemand mit zwanzig Bildern vom selben Haus anfangen sollte.«

»Es geht nicht um das dargestellte Motiv, Madam«, sagte der kleine dicke Unbekannte mit heiserer Stimme. »Es zählt das Talent.«

»Für mich zählt nur, was mir gefällt«, sagte Tante Mathilda, »und diese Bilder gefielen mir nicht. Jedes war wieder anders, aber auf keinem sah das Haus wie ein richtiges Haus aus.«

Tante Mathilda schritt energisch zum Büro hinüber und ließ die Jungen mit Mr De Groot allein. Der Kunsthändler hatte herrische dunkle Augen.

»Ich komme aus Amsterdam, um Joshua Cameron aufzusuchen«, sagte De Groot barsch. »Ich erfahre, dass er tot ist. Dann höre ich vom Portier in meinem Motel, dass drei Detektive nach zwanzig von seinen Bildern fahnden! Ich höre, dass diese drei Detektive auf dem Schrottplatz der Firma Jonas zu finden sind. Nun bin ich hier, um die zwanzig Bilder zu kaufen. Habt ihr sie?«

Peter schüttelte den Kopf. »Keines ist zurückgebracht worden, Sir.«

»Keines?« De Groot ging erbost ein paar Schritte im Hof auf und ab und funkelte die Jungen an. »Ich werde gut dafür bezahlen.«

»Skinny Norris brachte ein Bild her, Mr De Groot«, sagte Bob, »aber …«

Justus sah sich den kleinen dicken Holländer genau an und blickte über ihn hinweg zur Hofeinfahrt. Als Bob die Sache mit Skinny erklären wollte, unterbrach Justus:

»Aber es war das falsche Bild, Mr De Groot.«

»Es war kein Joshua Cameron?«

»Ich fürchte, nein, Sir«, sagte Justus bekümmert.

Bob und Peter sahen Justus verständnislos an, sagten aber nichts. Sie hatten gelernt, die Entscheidungen ihres Chefdetektivs nicht in Frage zu stellen, und seien sie noch so rasch oder rätselhaft. De Groot starrte die beiden lange an und wandte dann den finsteren Blick zu Justus.

»Ich hoffe, du belügst mich nicht«, sagte er.

»Ich lüge nie, Sir«, sagte Justus hochtrabend.

»Mag sein«, meinte De Groot, aber es klang misstrauisch. »Dieser Norris, den du da erwähnt hast, ist das ein großer, dünner Bursche?«

»Woher wissen Sie das?«, rief Peter.

»Meine Sache«, fuhr ihm De Groot über den Mund. »Ist seine Familie wohlhabend? Besitzen sie eine Gemäldesammlung? Sind sie an Kunstkäufen interessiert?«

»Ich glaube, sie haben eine kleine Kunstsammlung«, bestätigte Bob.
Justs Stimme klang ganz unschuldsvoll. »Wir kennen Skinny Norris eigentlich nicht gut, Sir. Wir wissen nicht mal genau, wo er wohnt.«
»Dann könnt ihr mir nicht helfen?« De Groot ließ die drei nicht aus den Augen.
»Ich wollte, wir könnten es«, sagte Justus.
»Tja«, sagte De Groot, ohne den Blick abzuwenden. »Falls die Bilder noch hier abgegeben werden, benachrichtigt mich im Motel ›Pacific‹, ja? Und vergesst nicht: Ich zahle gut.«
Die Jungen nickten, und De Groot drehte sich um und ging zum Hoftor. Bob und Peter starrten dem Kunsthändler nach. De Groot hinkte leicht!
»Just«, rief Bob. »Schau dir mal seinen Gang an!«
»Ja, Bob, er hinkt etwas«, sagte Justus. »Es ist mir gleich zu Anfang aufgefallen, als er vorhin auf und ab ging. Als ob er sich erst vor kurzem am Bein verletzt hätte, Kollegen. Vielleicht beim Sturz in eine Schlucht!«
»Dann könnte er der Einbrecher sein, dem wir vorige Woche auf der Spur waren!«, sagte Bob.
»Und deshalb wolltest du ihm nichts über Skinny erzählen«, sagte Peter, »und nichts davon, dass Skinnys Bild vom alten Cameron stammt.«
»Das war mit der Grund, ja«, bestätigte Justus.
Bob fragte: »Und was noch?«
»Draußen vor dem Hof hatte ich seinen Wagen gesehen«, sagte Justus. »Da!«
Draußen stieg der Kunsthändler gerade in einen kleinen blauen Sportwagen! Und jetzt fuhr er weg.

»Das ist ja der Wagen, der unserer Gräfin nachgefahren ist!«, rief Peter.
»Und ich hab ihm das von Skinny und dem Bild erzählt!«, stöhnte Bob.
»Viel hast du ja nicht gesagt«, beschwichtigte Justus, »und ich finde, es spielt wohl auch keine Rolle. Ich meine, Mr De Groot wusste schon einiges über Skinny, ehe er herkam, und ich schlage vor, wir fahren jetzt schleunigst mal zu Skinny hin!«
»Also los!«, sagte Peter.
»Ich kann jetzt nicht mit, Freunde«, sagte Bob. »Ich muss für meine Mutter noch was besorgen.«
Justus überlegte. »Na gut, Bob, wir gehen mal mit dem Signalgeber voraus, und du bringst dann das Empfangsgerät mit, wenn es bei dir schnell geht.«
»Ich brauch nicht lange!«, sagte Bob.
»Gut. Dann treffen wir uns vor Skinnys Haus.«

Das Ferienhaus der Familie Norris war ein großes Holzhaus am Ende einer Stichstraße zum Ufer, wo lauter Wochenendhäuser standen. Es hatte direkten Zugang zum Strand. Zwischen den unmittelbar gegenüberliegenden Häusern auf der anderen Straßenseite verlief noch ein schmaler Fahrweg. Die Straße war dicht mit Palmen und Hibiskussträuchern bestanden.
Hinter einem großen Hibiskus, ein Stück vom Norris'schen Haus entfernt auf der anderen Straßenseite, stiegen Peter und Justus vom Rad. Von hier aus hatten sie die vordere Haustür, den Seiteneingang und auch die Garageneinfahrt im Auge. Vor der Garage parkte Skinnys kleines Auto.

»Erst reden wir mal mit ihm«, entschied Justus.
Sie schoben ihre Fahrräder den Gartenweg zur Haustür vor. Im oberen Stock ging ein Fenster auf, und Skinny lehnte sich heraus.
»Was wollt ihr Möchtegern-Detektive nun schon wieder?«
»Wir wollen dir nur das Bild abkaufen, Skinny«, rief Peter.
Skinny lachte. »Du kannst mich mal, Kleiner.«
»Wir wissen, dass du das Bild hast, Skinny«, sagte Justus.
»Bla, bla! Gar nichts wisst ihr. Macht, dass ihr hier wegkommt, oder ich zeig euch an wegen Hausfriedensbruch!«
Niedergeschlagen radelten Peter und Justus zurück, bis sie außer Sichtweite waren. Dann schoben sie die Räder wieder zu dem dichten Hibiskusstrauch zurück und kauerten sich dort ins Versteck.
»Ich werde mich vom Strand aus an Skinnys Auto ranschleichen und den Signalgeber dranpflastern«, sagte Justus. »Du behältst den Vorder- und Seiteneingang am Haus und die Garage im Blick, Peter. Wenn Skinny rauskommt, lässt du einen Pfiff los.«
»Klar«, antwortete Peter, »und nach Bob werd ich auch Ausschau halten.«
Justus drehte sich um und ging in Richtung Strand. Doch plötzlich blieb der stattliche Erste Detektiv stehen.
»Da ist jemand an Skinnys Haus!«, flüsterte er erregt.
Peter schaute hin. Ein Mann in Uniform bog gerade in den schmalen Fußweg zur Hinterseite von Skinnys Haus ein. Seine Mütze war tief ins Gesicht gezogen und beschattete seine Augen. Er ging beschwerlich, als könne er wegen des großen Werkzeugkastens, den er schleppte, nur mühsam das Gleichgewicht halten.

»Das ist nur einer vom Fernmeldeamt«, sagte Peter erleichtert.
Justus sah den Telefonmann hinter Skinnys Haus verschwinden. Er zog die Brauen zusammen. »Ja, das glaube ich auch. Nur …«
»Nur was, Kollege?«, fragte Peter.
»Ich weiß nicht«, sagte Justus bedächtig und blickte die stille, verlassene Straße hinunter. »Irgendwas stört mich, aber ich komme nicht dahinter.«
»Ich werde aufpassen«, versprach Peter.
Justus nickte und schlich davon, zum Strand. Peter bezog seinen Posten hinter dem Hibiskusstrauch, um Skinnys Haus zu überwachen. Ein kleiner, tief eingeschnittener Wasserlauf führte zwischen Skinnys Haus und dem Nachbarhaus zum Ufer hinunter. Das im Sommer ausgetrocknete Bachbett bot Justus ein gutes Versteck, so dass er sich ungesehen bis dicht vor die Garage anschleichen konnte. Skinny war nirgends zu sehen. Justus untersuchte noch einmal den winzig kleinen Signalgeber, der mit einem Magneten an Skinnys Wagen haften würde. Justus hatte das zweiteilige Gerät in seiner Werkstatt selbst gebastelt. Der Sender übermittelte ein leises Piepsen, das lauter und schneller wurde, wenn man mit dem Peilgerät näher kam. Dieses empfing und verstärkte das Signal und gab mittels eines Skalenzeigers die Richtung an, aus welcher das Piepsen kam.
Die Jungen brauchten nur den Sender an einem Auto anzubringen und konnten dann mit dem Empfänger den Wagen außerhalb der Sichtweite verfolgen.
Justus begann im Bachbett voranzukriechen und blieb dann stehen. Er sah, dass der Fernmeldemonteur um Skinnys Haus

herumgegangen war und sich jetzt auf der Seite mit der angebauten Garage befand. Er arbeitete in gebückter Haltung an der Stelle, wo das Telefonkabel ins Haus führte. Plötzlich wurde Justus klar, was ihm an dem Monteur so eigenartig vorgekommen war – draußen auf der Straße war gar kein Dienstwagen von der Post zu sehen! Hatte man je von einem Telefonmonteur ohne Wagen gehört? Das war kein echter Monteur! Und doch machte er sich am Telefonkabel zu schaffen. Vielleicht zapfte er Skinnys Leitung an? Justus dachte nicht mehr daran, dass er den Sender anbringen wollte. Er kroch in dem trockenen Bachbett weiter, um von geeigneter Stelle aus den falschen Telefonmann zu belauern.

Für einen Jungen mit Übergewicht war es ein hartes Stück Arbeit. Er keuchte vor Anstrengung, als er die Stelle erreichte, wo er sich nach seiner Schätzung direkt hinter dem Mann befand. Als sein Atem wieder ruhiger ging, hob er vorsichtig den Kopf über die Uferböschung.

Mit einem unterdrückten Schrei sah sich Justus Auge in Auge mit dem falschen Telefonmann. Knapp auf Armeslänge funkelten ihn die dunklen Augen an – die Augen des holländischen Kunsthändlers De Groot!

Der Holländer hielt ein Messer in der Hand und starrte Justus drohend an.

Peter, der hinter dem Hibiskusstrauch kauerte, hatte keine Spur von Skinny oder Justus gesehen. Und Bob mit dem Peilgerät war noch nicht erschienen.

»Peter!«

Die Stimme kam hinter dem Haus gegenüber hervor, vom Strand her.

»Peter! Hilfe!«

Peter rannte über die stille Straße und flitzte um das Haus. Da legte sich eine Hand eisern über seinen Mund. Eine andere Hand drehte ihm einen Arm auf den Rücken. Peter war gefangen!

Gefangen!

Bob sah die beiden Fahrräder, als er auf Skinnys Hans zufuhr. Peters Rad und Justs Rad hinter einem Hibiskus! Aber wo waren die beiden Detektive? Ratlos sah Bob die leere Straße auf und ab. Als er jäh bremste, hörte er in dem Fahrweg gegenüber Skinnys Haus einen Wagen starten. Ein blauer Sportwagen kam aus dem Weg hervorgerast, bog mit kreischenden Reifen rechts ab und brauste die Straße entlang.

Bob blickte dem kleinen blauen Auto starr hinterher. Der Wagen des Kunsthändlers! Was hatte De Groot hier getrieben?

Piep-piep-piep-piep!

Bob hörte es plötzlich aus seiner Tasche piepsen. Er zog das Peilgerät heraus. Der Zeiger wies tatsächlich die Straße entlang, und die Piepser kamen laut und schnell – doch allmählich wieder langsamer und leiser. Bob ahnte sofort, was geschehen war. Justus und Peter hatten den Sender nicht an Skinnys Wagen geheftet. Sie hatten ihn noch bei sich! Und sie waren in dem blauen Wagen des Kunsthändlers De Groot!

Wie verrückt strampelte Bob sich ab, hinter dem blauen Auto her, das schon nicht mehr in Sicht war. Er folgte dem Piep-Signal und gelangte zur Hauptverkehrsstraße längs der Küste. Er verfolgte die kaum noch hörbaren Piepser bis an die nördlichen Ausläufer von Rocky Beach. Zweimal verlor er das Signal, als der Vorsprung des blauen Autos zu groß wurde, und zweimal griff er es wieder auf, wenn der Wagen – vermutlich vor Verkehrsampeln – anhalten musste. Bob machte vor nichts halt, nicht einmal vor Ampeln. Aber als er die Piepser zum dritten Mal verlor, waren sie nicht wieder hereinzubekommen.

Verzweifelt fuhr Bob weiter. Er suchte die Hauptstraße entlang der Küste ab und schaute rechts und links in die leeren Seitenstraßen, und mittlerweile verlor sich Rocky Beach in unbebautem Gelände.

Mit Telefonkabel gefesselt und mit einem Knebel im Mund lagen Peter und Justus in drangvoller Enge im Kofferraum von De Groots blauem Sportwagen. Als der Wagen aus dem Sträßchen gegenüber Skinnys Haus herausgefahren war, hatte es Justus gerade noch geschafft, das Signal einzuschalten. Beide Jungen glaubten, draußen auf der Straße das Quietschen einer Fahrradbremse gehört zu haben. Aber inzwischen waren etwa zehn Minuten verstrichen, und der Wagen hatte nur zweimal anhalten oder langsamer fahren müssen.

Bob konnte ihnen jetzt unmöglich noch auf der Spur sein, selbst wenn er wusste, dass De Groot seine Freunde entführt hatte.

Justus hätte sich ohrfeigen können, weil er nicht gemerkt hatte, dass die ungelenke Gangart des Monteurs in Wirklichkeit De Groots Hinken gewesen war.

Wieder zehn Minuten, mehr nicht, und der blaue Wagen bog von der Straße ab und hielt an. Der Kofferraum wurde aufgerissen. De Groot zerrte die Jungen hintereinander heraus und scheuchte sie vor sich her in das hinterste Reihenappartement eines kleinen Motels. Seit ihm Justus in die

Fänge geraten war, hatte der dunkeläugige Kunsthändler noch kein einziges Wort gesprochen.

Im Motelzimmer packte De Groot die beiden Jungen nebeneinander auf ein Sofa, nahm ihnen die Knebel ab, zog sein bedrohliches Messer und setzte sich ihnen gegenüber. Seine tiefliegenden Augen funkelten bösartig.

»Aha! Dieser Skinny Norris hat euch nicht das richtige Bild gebracht. Ihr hattet an diesem Bild kein Interesse. Ihr wusstet nicht mal, wo er wohnt, wie? Lügner! Ihr wollt die Bilder des alten Joshua selbst stehlen!«

»Ach was!«, sagte Peter hitzig. »Wir suchen sie für die Gräfin. Sie gehören ihr!«

»Ah, so ist es also, wie? Ihr arbeitet mit der Gräfin und Armand Marechal zusammen. Was haben sie euch erzählt?«

»Dass sie die Familienerbstücke der Gräfin wieder sammeln möchten«, sagte Justus. »Wir haben auch alles gefunden, bis auf die Bilder.«

»Jetzt lügt ihr schon wieder. Ihr müsst doch mehr wissen. Was hat dieser Marechal für Pläne? Was suchen die beiden eigentlich? Was für eine Nachricht hat ihnen Joshua Cameron hinterlassen?«

»Wir wissen nur«, sagte Peter, »dass Sie die Gräfin überallhin verfolgen und dass Sie schon vor über einer Woche in Professor Carswells Haus waren und versuchten –«

Justus fiel rasch ein: »Warum glauben Sie, dass Joshua Cameron der Gräfin eine Nachricht zukommen lassen wollte? Sie stand ihm nicht sehr –«

»Glaub nicht, dass du mich zum Narren halten kannst!«, fuhr ihn De Groot an. Dann sah er Peter an. »Du wolltest gerade sagen, ihr wüsstet, dass ich in Carswells Haus war?«

Peter schluckte. Dem Zweiten Detektiv war klargeworden: Justus wollte vor De Groot verheimlichen, dass sie ihn als den geheimnisvollen Eindringling am Remuda Canyon in der Woche zuvor im Verdacht hatten.

»Jaa – wir wissen, dass Sie am ersten Tag, als die Gräfin und Mr Marechal hier ankamen, bei Professor Carswell waren«, sagte Peter ohne große Überzeugung.

De Groot betrachtete die Jungen erregt. »O nein. Schon *vor* der Ankunft der Gräfin war jemand bei den Carswells. Der große Unbekannte, wie? Und ihr beide glaubt, das war ich. Wieso eigentlich?«

Die Jungen schwiegen.

»Aha – ihr wollt nicht zugeben, was euren Verdacht auf mich lenkte? Und ihr wisst auch nichts von einer Mitteilung des alten Joshua? Ihr habt doch mit Professor Carswell und seinem Sohn gesprochen. Vielleicht hinterließ ihnen der alte Joshua mündlich eine Nachricht, wie? Die letzten Worte eines Sterbenden?«

»Davon ist uns nichts bekannt«, sagte Justus höflich.

Der Kunsthändler musterte die Jungen eindringlich. »Bah! Für mich seid ihr dumme Jungen, die nicht wissen, um was es geht!«

Er warf ihnen einen wütenden Blick zu. »Aber vielleicht wisst ihr auch zu viel, was?«

De Groot hielt sein langes Messer fest und starrte die Jungen feindselig an.

Bob fuhr in zermürbender Unschlüssigkeit die Küstenstraße entlang. Welche Chance hatte er, auf eigene Faust den blauen Wagen wiederzufinden? Aber wenn er Halt machte, um

Hauptkommissar Reynolds zu verständigen, verlor er womöglich noch die letzte Spur, die ihm seine Freunde zu hinterlassen suchten.
Also radelte er weiter, so schnell er konnte. An der Straße nördlich vor der Stadt standen jetzt fast nur noch Motels. Er horchte auf die Wiederkehr des Signals und schaute nach dem blauen Auto aus.

De Groot war ungefähr zehn Minuten lang im Raum umhergehumpelt, sein tückisches Messer in der Hand. Er schien nicht mit sich ins Reine kommen zu können.
»Was soll ich mit euch machen, he? Ihr geht mir auf die Nerven, verflixt noch mal. Ihr seid mir im Weg, ihr!«
Justus schluckte. »Ist eigentlich etwas Wertvolles in Joshua Camerons –«
»Ihr regt mich maßlos auf!«, knurrte De Groot. »Was meint ihr, wollt ihr nicht für mich statt für die Gräfin arbeiten?«
»Wir haben uns bereits verpflichtet«, sagte Justus steif.
»Dummer Kerl! Himmel, ich kann euch doch nicht –«
Beim Klingeln des Telefons fuhr der Kunsthändler herum. Er starrte den Apparat an, als sei er eine Schlange. Dann ging er, ohne die Jungen aus den Augen zu lassen, rückwärts zum Telefon und nahm den Hörer ab.
»Ja?«, sagte er, und plötzlich leuchteten seine Augen auf. »Was? Ein Junge? ... Norris? ... Ja, den kenne ich ... Nein, nicht herschicken, ich komme selbst ins Büro. Er soll warten!«
Als De Groot auflegte, grinste er breit und triumphierend. »Es hat den Anschein, als müsse ich euch erst mal kaltstellen. Der Bursche, den ihr angeblich kaum kennt, dieser Norris, ist da und will mich sprechen!«

Peter stöhnte. »Ich wusste ja, Skinny hat was ausgeheckt!«
»Skinny Norris ist nicht zu trauen, Mr De Groot«, sagte Justus.
»Ich traue überhaupt keinem, damit du's weißt!«, fuhr ihm De Groot über den Mund.
Er knebelte die Jungen wieder und verließ das Appartement durch die Hintertür. Peter und Justus kämpften gegen ihre Fesseln an, aber es half ihnen nichts. Sie ließen sich aufs Sofa zurücksinken – und da ging schon wieder die Hintertür auf! Hilflos starrten die Jungen hin.
Da stand Bob und grinste die beiden an.
Dann lief der Kleinste der drei ??? zu seinen Kollegen hin, löste ihre Fesseln und nahm ihnen die Knebel ab.
»Mann!«, rief Peter. »Bin ich froh. Wie bist du …«
»Ich bin mit dem Rad dem Signal nach, aber dann hab ich es verloren. Trotzdem fuhr ich weiter. Ich wollte schon aufgeben, da kam es wieder rein. Da wusste ich aber immer noch nicht, wo ihr wart – bis mir der Name von De Groots Motel wieder einfiel: ›Pacific‹.«
»Gut gemacht, Bob«, sagte Justus. »Jetzt aber fort!«
»Und was ist mit Skinny?«, wandte Peter ein. »Er ist jetzt gerade hier im Motel, im Büro, und verkauft wahrscheinlich De Groot die Bilder.«
Bob lachte. »Skinny verkauft gar nichts. Der ist nicht mal hier. Angerufen hab ich. De Groot hat überhaupt nicht gemerkt, dass das nicht der Mann im Empfang war.«
»Aber inzwischen weiß er Bescheid«, sagte Justus. »Vorn raus, schnell!«
Sie liefen zur Eingangstür. Die Luft war rein. Sie rannten über das Motelgelände zu Bobs Fahrrad.

»Peter kann treten«, entschied Justus. »Er ist der Stärkste. Ich sitze auf dem Gepäckträger und Bob auf der Lenkstange. Los!«
Sie waren noch keine zwanzig Meter weit geradelt, als sie hinter sich einen Wutschrei hörten. De Groot stand vor dem Motelraum, den sie gerade verlassen hatten. Er begann hinterherzurennen, aber er hinkte, und trotz des überlasteten Fahrrads waren die Jungen schneller. De Groot machte kehrt und lief zum Motel zurück.
»Er holt sein Auto!«, sagte Justus. »Wir müssen uns verstecken.«
»Nein, das tun wir nicht«, sagte Bob und hielt eine Handvoll bunter Kabel hoch. »Ich hab an seinem Wagen die Zündkabel rausgerissen!«
»Gute Planung, Bob«, sagte Justus voll Bewunderung. »Aber der kommt schnell zu einem anderen Wagen. Ich finde, wir sollten schneller fahren.«
Peter keuchte und stöhnte. »Was meinst du mit ›wir‹?«
Ein paar Minuten später hielt ein Lastwagenfahrer an und nahm die drei Jungen und das Fahrrad mit nach Rocky Beach. Sie holten die beiden anderen Räder und kamen zu Hause gerade noch zum Abendessen zurecht. Vor dem Schlafengehen trafen sie sich noch einmal in der Zentrale.
Justus sah sehr ernst drein. »Die ganze Geschichte ist reichlich sonderbar, Leute. De Groot scheint zu glauben, dass es etwas Wichtiges gibt, worüber der alte Joshua Cameron eine Nachricht hinterlassen haben müsste. Wir müssen mit der Gräfin und Mr Marechal sprechen.«
Aber am Telefon meldete sich dort niemand.
»Wir versuchen es morgen früh wieder«, entschied Justus.

»Inzwischen sollten wir mehr über Joshua Cameron in Erfahrung bringen. Bob, morgen früh schaust du gleich in der Bücherei nach, was es über den alten Joshua zu lesen gibt.«

Plötzlich ein Verdacht

Am nächsten Morgen lief Bob in der Bücherei sofort zur Abteilung mit den Nachschlagewerken. Dort hatte längst nicht jedermann Zutritt, aber Bob arbeitete stundenweise in der Bücherei. Die Bibliothekarin, Miss Bennett, lächelte ihm nur zu, als er an ihr vorbeiging. Er suchte und fand die Regale für Kunstgeschichte – und riss die Augen auf. Die dicken, schweren Kunstbände waren fast alle weg!

Miss Bennett sah auf, als Bob hinter den Regalen hervortrat.

»Stimmt was nicht, Bob?«

»Miss Bennett, wo sind denn alle die Kunstbücher?«

»Ein Mann hat sie sich in das kleine Lesezimmer geholt. Er sitzt schon da, seit heute geöffnet ist, und gestern war er auch hier. Willst du ein bestimmtes Buch haben? Ich könnte ihn fragen, ob er damit fertig ist.«

»Nein, danke«, sagte Bob rasch. »Ich seh dann zuerst was anderes nach, bis er fertig ist.«

Kaum war er Miss Bennett aus den Augen, eilte Bob zu dem kleinen Lesezimmer. Vorsichtig schaute er hinein. Er sah den hohen Stapel Kunstbände und jemand, der sich dahinter verbarg. Gleich darauf nahm der Lesende wieder ein Buch vom Stapel, und Bob sah sein Gesicht – es war Professor Carswell! Bob zog sich schleunigst zurück. Seine Gedanken jagten. Professor Carswell war also in all diese Kunstbücher vertieft! Aufgeregt suchte sich Bob einen ruhigen Sitzplatz,

wo er die Tür zum kleinen Lesezimmer im Auge hatte. Er überlegte, ob er dem Professor nachgehen sollte. Aber als Professor Carswell dann aus dem kleinen Raum kam, hatte Bob entschieden, dass es in Justs Sinn wäre, wenn er zuerst seine Recherchen durchführte. Den Professor konnten sie sich jederzeit noch vornehmen.
Also holte sich Bob all die Bücher, die Professor Carswell zurückgegeben hatte, und ließ sich nieder, um über den alten Joshua Cameron zu recherchieren.

Justus hob die Brauen. »Professor Carswell studierte dieselben Bücher?«
»Na klar, Chef«, sagte Bob. »Alle Kunstbände!«
»Komisch«, sagte Peter. »Warum ist er so an Kunst interessiert?«
Die drei Jungen saßen in ihrem verborgenen Wohnwagen auf dem Schrottplatz. Es war Nachmittag, und Bob war soeben mit seinem Bericht eingetroffen. Justus überdachte das Neueste über Professor Carswell und Bobs Ermittlungen.
»Aber über Joshua Cameron hast du in all den Nachschlagebänden rein gar nichts gefunden?«, sagte Justus langsam.
»Kein Wort«, sagte Bob. »Und in zwei von den Büchern ist jeder Künstler der Welt verzeichnet. Jedenfalls behaupten sie das.«
»Möglich, dass er woanders aufgeführt ist«, meinte Justus. »Aber er dürfte nicht gerade bedeutend sein.«
»Warum ist dann De Groot so versessen auf seine Bilder?«, fragte Peter.
»Vielleicht geht es ihm im Grunde gar nicht um die Bilder«, meinte Bob. »Vielleicht gibt es sonst irgendetwas Wertvolles,

das dem alten Joshua gehört hat und wovon die Gräfin und Mr Marechal nichts wissen.«

Justus nickte. »Das wäre die Erklärung für diesen geheimnisvollen Eindringling am ersten Tag. Vielleicht wollte er irgendein Wertobjekt an sich bringen, ehe jemand den Nachlass des alten Joshua abholen würde. Aber der Professor hat dann alles an Onkel Titus verkauft, und der Einbrecher versucht weiterhin, dieses Etwas aufzuspüren.«

»Genau das tut ja De Groot!«, sagte Peter.

»Aber wieso ist dann Professor Carswell plötzlich so an Kunstbüchern interessiert?«, wollte Bob wissen.

Justus kratzte sich an der Nase. »Ihr wisst doch noch, dass De Groot an einer Nachricht interessiert war, irgendeine letzte Verfügung des alten Joshua. Vielleicht gibt es wirklich eine solche Nachricht. Hal sagte, der alte Mann hätte in Fieberphantasien etwas gestammelt. Vielleicht wollte er eine Nachricht hinterlassen, und Professor Carswell weiß etwas, das wir nicht wissen.«

»Und auch die Gräfin nicht«, sagte Bob.

»Ich finde«, meinte Justus, »wir sollten mal zum Remuda Canyon rausfahren.«

Hal Carswell sagte: »Keinen blassen Schimmer. Ich weiß nicht, warum sich Vater in Kunstbücher vertiefen sollte.«

Die vier Jungen standen auf dem schattigen Rasen vor dem großen Haus am Remuda Canyon.

»Hat der alte Joshua viel über seine Malerei erzählt?«, fragte Justus.

»Nein, nicht viel«, sagte Hal. »Er versuchte, mir das Malen beizubringen, aber ich kann nicht mal zeichnen. Ich weiß aber noch, dass er einmal was Komisches sagte. Er sagte, er sei der teuerste Maler der Welt, aber kein Mensch wisse das! Und dabei lachte er. Warum, weiß ich nicht.«

»Hört sich nicht gerade sinnvoll an«, erklärte Peter.

»Nein, das ganz gewiss nicht«, bestätigte Justus.

Hal sagte: »Ich begreife nicht, was hier gespielt wird. Der alte Joshua lebte hier ganz allein, und keiner hat sich je um ihn gekümmert. Aber jetzt, wo er tot ist, interessieren sich alle für ihn. Die Gräfin und Mr Marechal sind gerade wieder drinnen im Haus und unterhalten sich mit Papa.«

»Mann, vielleicht haben sie etwas entdeckt?«, sagte Peter.

»Forschen wir doch nach«, regte Justus an.

Im Wohnzimmer des großen alten Hauses stand Professor Carswell an den Kamin gelehnt, vor sich Mr Marechal und die Gräfin. Die Gräfin lächelte, als sie die Jungen sah.

»Ah, unsere jungen Detektive. Noch immer bei der Suche? Bis jetzt habt ihr wirklich gute Arbeit geleistet«, sagte die elegante Dame.

»Die Bilder haben wir immer noch nicht gefunden, Madam«, sagte Justus. »Hat eigentlich Joshua Cameron seine Arbeiten niemals ausgestellt oder etwas davon verkauft?«

»Nein, Justus, er war ein reiner Amateur. Dennoch hätte ich so gern seine letzten Bilder. Ich hoffe, ihr sucht weiter und findet sie noch.«

»Das bestimmt«, sagte Justus und fügte hinzu: »Wenn sie uns nicht ein anderer wegschnappt.«

»Ein anderer?«, sagte Mr Marechal verdutzt.

»Ein Mann namens De Groot, der sich als Kunsthändler ausgibt«, sagte Justus. »Er verfolgt Sie seit einiger Zeit, und er ist hinter Joshuas Bildern her.«

Der Erste Detektiv berichtete von De Groots Treiben und erzählte, wie ihm die drei ??? um Haaresbreite entwischt waren. Die Gräfin war hell entsetzt.
»Aber das ist ja schrecklich! Ihr Jungen müsst auf der Hut sein. Ich begreife dieses Interesse an meinem Bruder gar nicht. Was dieser Mann wohl wirklich sucht?«
»Ich weiß es noch nicht«, gab Justus zu, »aber De Groot ist nicht der Einzige, der sich zurzeit für Gemälde interessiert. Professor Carswell hat in der Stadtbücherei Kunstbände studiert.«
Alle sahen den Professor an. Hal musterte seinen Vater unbehaglich. Mr Marechal blickte finster drein.
»Ist Ihnen etwas bekannt, das wir nicht wissen?«, fragte der Verwalter mit dem Silberhaar streng.
»Nein, Mr Marechal. Ich begriff das nur nicht, wie es auch die Gräfin soeben von sich sagte«, erklärte Professor Carswell. »Mich wunderte dieses allgemeine plötzliche Interesse für den alten Joshua, und da ging ich zur Bücherei, um festzustellen, ob er in der Fachwelt bekannt ist. Aber ich fand nichts. Und daher kann ich mir dieses Interesse immer noch nicht erklären – und ebenso wenig den mysteriösen Eindringling, der kürzlich hier war.«
Die Gräfin stutzte. »Es war ein Eindringling hier, Professor? Sie meinen, schon ehe Mr Marechal und ich herkamen? Etwa jemand, der etwas aus Joshuas Nachlass stehlen wollte?«
»Eine Woche vor Ihrer Ankunft, Gräfin«, erklärte Bob, »und was er eigentlich wollte, ist uns nicht bekannt.«
»Aha«, sagte die Gräfin und sah Mr Marechal an.
»Vielleicht dieser De Groot«, meinte Marechal. »Er hat offenbar großes Interesse an Joshua – mir unverständlich.«

»Genau so scheint es!«, bestätigte Peter.
»Herr Professor und Hal«, sagte Justus, »De Groot ist anscheinend der Meinung, dass der alte Joshua irgendwem eine Nachricht hinterlassen hat. Sie sagten uns, dass Joshua verrücktes Zeug murmelte, ehe er starb. Wollte er Ihnen vielleicht etwas mitteilen? Eine Nachricht für einen Dritten?«
»Das ist sehr wohl möglich, Justus. Er strengte sich sehr an und wollte unbedingt etwas sagen«, antwortete der Professor. »Aber ich habe keine Ahnung, was er zum Ausdruck bringen wollte. Seine Worte ergaben für mich gar keinen Sinn. Irgendwas über *Zickzack* und *falsch* und *Leinwand*. Das Wort *Bilder* sagte er sehr oft, und irgendetwas über *Meister*. Hal war ganz zuletzt mehr bei ihm als ich. Kannst du dich eher entsinnen, Hal?«
Hal nickte bekümmert. »Ich kann mich nicht genau erinnern, aber er brabbelte dauernd so etwas wie: *Sagt es ihnen, sagt es ihnen … zick … zick, nein, zack … die falsche Richtung … Meister … meine Bilder … meine Leinwand … Leinwand … Zickzack falsch … sagt es ihnen … falsch.* Immer und immer wieder, lauter solches Zeug. Immer dieselben Worte.«
Justus notierte sich alles genau. Dann blickten sie einander reihum an, als wisse vielleicht einer von ihnen, was das Gestammel des alten Joshua bedeuten sollte. Aber keiner wusste es. Auch Justus sah ratlos drein.
»Ich kann mir darauf keinen Reim machen«, sagte Mr Marechal.
»Nein«, meinte die Gräfin mit einem Seufzer. »Ich fürchte, es waren Fieberphantasien.«
»Herr Professor«, sagte Justus, »hat Joshua immer all seine Habe in dem kleinen Häuschen verwahrt?«

»Ich glaube, ja, Justus.«
Justus nickte. »Na, dann gehen wir besser. Ich glaube nach wie vor, dass Skinny Norris weiß, wer die Bilder hat.«
»Seid vorsichtig, Justus«, mahnte die Gräfin. »Ich mache mir nämlich Sorgen um euch. Ruft ihr auch an, wenn irgendwelche Probleme auftauchen?«
Die Jungen versicherten, das würden sie tun. Draußen stiegen sie auf ihre Räder und fuhren los. Als sie an der Einmündung der engen Schlucht und somit außer Sichtweite vom Haus waren, bog Justus unvermittelt nach links zum Bachbett ein. Verdutzt folgten Peter und Bob.
»Was haben wir vor, Just?«, fragte Bob verwirrt.
»Ich bin überzeugt, dass der alte Joshua mit seinem Gestammel tatsächlich eine Mitteilung hinterlassen wollte«, erklärte Justus. »Den Inhalt kenne ich noch nicht. Aber der alte Mann hat ja das Häuschen nie verlassen. Wenn er also etwas versteckt hat, dann müsste es noch dort sein. Kommt mit.«

Die drei ???

»Zick, nein zack!« Äußerst sonderbares Detail einer Botschaft vom Sterbelager. Was fällt dem noch ganz im Dunkeln tappenden Hobby-Detektiv dazu ein? Irgendetwas Abnormes im Zusammenhang mit dem Meisterwerk eines Malers, der geometrische Formen bevorzugt? Oder ein Hinweis auf eine notwendige spitzwinklige Abweichung von einem fälschlich als richtig vermuteten Weg?

Sie ließen die Fahrräder liegen und machten sich auf den Weg durch die Schlucht, um von hinten her zum Malerhäuschen zu stoßen. Sie schauten sich kurz in dem stillen kleinen Haus

um und überlegten, wo sie mit der Suche anfangen sollten. Plötzlich hörten sie draußen jemand kommen. »Schnell!«, flüsterte Justus. »Wir verstecken uns und halten Ausschau!«
Sie spähten vom Schlafkämmerchen hinaus und sahen Hal Carswell ins Häuschen treten. Der Junge lief rasch zu einer Ecke des Wohnraums, hob ein loses Bodenbrett hoch und griff unter den Fußboden. Da traten die drei ??? hervor.
»Du weißt also, was der alte Joshua versteckt hatte, Hal!«, sagte Justus vorwurfsvoll.
Erschrocken schnellte der Junge hoch, etwas in der Hand verbergend.

Ein schwarzes Loch

»Hoppla!«, stieß Hal hervor. »Habt ihr mich erschreckt!«

»Was hast du da unter dem Fußboden rausgeholt?«, fragte Peter mit scharfer Stimme.

»Rausgeholt? Hier, nur das.« Hal zeigte einen großen altmodischen Schlüssel her. Dann starrte er die Jungen an. »Aha, ihr seid noch mal hergekommen und wollt das Haus hier durchsuchen! Ihr meint wirklich, dass der alte Joshua etwas versteckt hat?«

»Wir halten es nicht für ausgeschlossen«, bestätigte Justus.

»Ich auch nicht!«, sagte Hal voller Eifer. »Als ihr weg wart, ist mir plötzlich was eingefallen. Papa redet immer noch mit der Gräfin und Mr Marechal, also bin ich allein rübergekommen.«

»Was ist dir eingefallen, Hal?«, fragte Bob.

»Dass der alte Joshua seine Bilder immer in dem Lehmziegelhaus hinten im Canyon verstaute. Das steht leer – mein Vater hat es aber abgeschlossen, weil es ein historisches Bauwerk ist und er nicht will, dass Rowdys dort alles kaputtschlagen. Aber gleich als der alte Joshua herkam, gab ich ihm den Schlüssel dazu.«

»Und das ist der Schlüssel zu diesem Haus?«, fragte Justus.

Hal nickte. »Ich dachte mir, solange Papa und die anderen sich unterhalten und ihr wieder auf dem Heimweg seid, könnte ich das Haus dahinten mal allein durchstöbern.«

»Dann gehen wir am besten alle zusammen«, entschied Justus.

In der Nachmittagssonne führte Hal die drei ??? noch ein Stück weiter die Schlucht entlang. Der Wasserlauf schlug einen Bogen um das Haus der Carswells und mündete dann nach einer scharfen Biegung wieder in den Canyon ein. Kurz darauf schlug sich Hal nach links in die Büsche. Die anderen Jungen folgten und bahnten sich ihren Weg durchs dichte verwilderte Gestrüpp, bis sie an eine kleine Lichtung kamen, wo der Boden eine harte Lehmkruste hatte. Darauf stand ein uraltes niedriges Haus mit Schindeldach und Holzläden vor den Fenstern. Die Mauern bestanden aus luftgetrockneten Lehmziegeln, dem früher in der Gegend üblichen Baumaterial. Still und abgeschieden lag das alte Haus da.

»Das Haus haben die einstigen Besitzer des Canyons erbaut, die Spanier«, erklärte Hal. »Vor mindestens hundertfünfzig Jahren. Es hat nur einen offenen Kamin als Heizung, und fließendes Wasser gibt es nicht.«

Hal öffnete die Tür aus den von Hand grob zubehauenen dicken Bohlen mit schmiedeeisernen Beschlägen und Angeln. Drinnen sahen die Jungen, dass das Haus fast ganz leer war. Auf dem Bretterboden häuften sich Staub und Schmutz. Hinter der kleinen Wohnstube lagen eine noch kleinere Schlafkammer und eine Küche. Die wenigen Fenster hatten sehr tiefe Leibungen, und die Läden waren vorgelegt. Durch die Ritzen drang schwaches Dämmerlicht herein, und es war recht kühl.

»Toll«, sagte Peter, »die Wände müssen fast einen Meter dick sein!«

»So baute man eben mit diesen Lehmziegeln«, erklärte Justus.

»Sie sind nicht so tragfähig wie normale gebrannte Ziegelsteine, deshalb musste man die Wände sehr dick bauen, damit sie ihr eigenes Gewicht trugen. Peter, schau mal nach, was du in der Küche findest, und du, Bob, suchst im Schlafzimmer. Hal und ich nehmen uns den Wohnraum hier vor.«
Justus und Hal fanden unbenutzte Mal-Leinwände und Dosen mit Leinölfirnis und Verdünner, aber keine fertigen Bilder. Dann gab es noch einen einzelnen verzierten Goldrahmen. Justus betrachtete den dicken Rahmen mit nachdenklicher Miene.
»Warum wohl der alte Joshua diesen Rahmen hier nicht verwendet hat?«, fragte er.
»Darin hatte er ein Bild von einem anderen Maler, als er hierherkam«, sagte Hal, »irgendeine Reproduktion. Einen Druck, wie er es nannte. Er sagte, Drucke gefielen ihm nicht. Er hat ihn dann wohl weggeworfen.«
»Aber nicht den Rahmen«, bemerkte Justus dazu. »Schau dir mal an, wie der Rahmen ausgearbeitet ist, Hal.«
»Oh, das sind ja lauter Zickzacklinien! Glaubst du, er meinte diesen Rahmen, als er von ›Zickzack‹ brabbelte?«
»Er ist dick genug, dass man innen was verstecken könnte.«
Die beiden Jungen nahmen sich den verzierten Rahmen vor, untersuchten genau die Eckverbindungen und drückten auf die erhabenen Zickzacklinien. Justus schüttelte den Kopf.
»Ich kann mir nicht denken, wo hier etwas versteckt sein sollte«, meinte der Erste Detektiv.
Peter kam aus der Küche. »Wenn dahinten in der Küche was versteckt ist, dann muss es in der Wand eingemauert sein.«
»Wir finden hier auch nicht viel«, sagte Hal.
»Hallo!«, rief Bob aus der Schlafkammer. »Hier drin!«

In der winzig kleinen Kammer stand Bob vor einer zerlumpten alten Matratze, die in einer Ecke lag. Der Bezug war schräg gestreift.

»In der Matratze ist was drin«, sagte Bob.

Peter tastete an der Stelle nach, die Bob ihm zeigte.

»Tatsächlich, da ist was! Wie ein Beutel mit Kieselsteinchen. Vielleicht Edelsteine!«

»Schneid den Stoff auf, Kollege«, sagte Justus aufgeregt.

Peter zog sein Taschenmesser und schnitt die alte Matratze auf. Die Jungen drängten sich dicht heran, um hineinschauen zu können. Sie sahen ein Häufchen kleiner, dunkler, kugeliger Gebilde, ähnlich Steinchen.

»Was ist denn das?«, fragte Hal verblüfft.

»Eicheln und Zirbelnüsse«, sagte Justus enttäuscht. »Hier hat sich ein Eichhörnchen oder eine Feldmaus ein Vorratslager eingerichtet.«

Die Jungen starrten auf das kleine Nüssedepot, und dann fingen sie an zu lachen. Der gewaltige Unterschied zwischen Edelsteinen und Nüssen war ungeheuer erheiternd. Sie lachten, bis ihnen die Tränen die Backen hinunterliefen.

Sie lachten so heftig, dass sie nicht bemerkten, wie sich die Tür zur Schlafkammer sachte in den Angeln drehte, bis sie mit einem lauten Krach zufiel!

Peter hörte auf zu lachen und starrte zur Tür. »Was …?«

Es gab ein Knirschen, als draußen der Riegel vorgestoßen wurde, und dann waren sie in dem kleinen Raum eingesperrt.

»Wir sind eingeschlossen!«, rief Hal. »Hallo! Hallo da draußen!«

»Aufmachen! Wir sind hier drin!«, brüllte Bob.

Peter hämmerte auf die schwere Tür los. »Hallo!«
»Wartet mal!«, sagte Justus.
Die anderen ließen das Rufen und Pochen sein. Draußen im Wohnraum lief jemand herum, und zwar sehr bedachtsam. Er klopfte die Wände und den Fußboden ab, schmetterte die aufgespannten Leinwände und den Rahmen zu Boden, hämmerte gegen die Büchsen mit Leinöl und Verdünner.
»Da sucht einer was!«, flüsterte Justus.
Die lärmende Razzia ging noch ein paar Minuten weiter. Dann war alles still. Die Eingangstür schloss sich, und die Jungen hörten, wie sie abgesperrt wurde.
»O Himmel«, stöhnte Hal. »Und ich hab den Schlüssel stecken lassen!«
Wieder riefen sie, wieder klopften sie an Tür und Wände.
Draußen war es dunkel. Schwach drang das Mondlicht durch die Ritzen des schweren Ladens am einzigen Fenster der Schlafkammer. Stunden waren vergangen. Die Jungen hatten sich heiser geschrien. Doch das uralte Haus stand zu weit vom großen Wohngebäude entfernt, als dass man sie hätte hören können. Tür und Fenster waren versperrt, die Wände waren zu dick, um ihnen mit Peters Taschenmesser beikommen zu können. Unter dem Fußboden hatten sie eine hohle Stelle gefunden, wo der Keller lag, aber es gab keinen Abstieg. So saßen die Jungen völlig entmutigt auf der alten Matratze.
»Wir kommen ja zu spät zum Abendessen«, jammerte Peter.
»Wenn's bloß das wäre! Du wirst dich noch wundern«, sagte Bob düster. »Wir sitzen hier ganz schön in der Falle.«
»Zu Hause wird es Ärger geben«, sagte Justus mit einem Seufzer.

Hal sagte: »Mein Vater wird mich bald vermissen. Er findet uns schon.«
»Kommst du oft hier raus, Hal?«, fragte Peter.
»Nein«, gestand Hal unbehaglich. »Eigentlich nicht. Jedenfalls gibt es eine Menge anderer Orte, wo ich eher hingehen würde.«
»Dann muss dein Vater womöglich recht lange suchen«, sagte Bob.
Schweigend hingen die Jungen ihren Gedanken nach. Dann stand Peter auf und stampfte mit dem Fuß neben einem Wandschrank auf. Der große Zweite Detektiv horchte auf den hohlen Klang.
»Wenn wir wenigstens in den Keller da runterkönnten«, sagte Peter. »Von dort aus geht es vielleicht ins Freie. Aber wir haben ja nur mein Taschenmesser.«
Hal stand auf und stampfte neben Peter an der Wand entlang, und auch er lauschte dem dumpfen Klang. »Ich wusste gar nicht, dass das Haus hier unterkellert ist«, sagte er. »In Kalifornien sind Keller nämlich nicht üblich.«
»Stimmt«, sagte Justus. »Und insbesondere nicht in einem alten Lehmziegelbaus.« Er überlegte kurz und setzte sich dann abrupt auf. »Ja, natürlich! Keller hat man unter diesen alten Häusern nicht gebaut. Aber als die Amerikaner und Spanier verfeindet waren, legte man oft unterirdische Gänge als Fluchttunnels an! Ich glaube, hier drunter ist so ein Gang!«
Justus sah sich in dem kleinen Raum genau um. »Man sollte meinen, dass es aus jedem Zimmer einen Zugang zu so einem Fluchttunnel gibt, aber …« Sein Blick blieb an dem Wandschrank haften. »Den Schrank da haben wir noch nicht gründlich untersucht, Freunde!«

Peter war als Erster beim Schrank. Es war ein enges Kämmerchen, und innen lagen Schmutz und Staub fingerdick auf dem Boden. Bob und Peter fegten den Unrat weg. Peter zog sein Taschenmesser und steckte es versuchsweise in die Ritzen zwischen den Bodenbrettern.

»Hier ist ein Brett locker!«, rief er.

Bob und Peter hoben eine ganze Platte im Fußboden ab. Darunter war wieder Schmutz und eine Falltür mit einem verrosteten Eisenring in der Mitte. Bob und Peter zogen am Ring, und die Falltür ließ sich hochschwenken und enthüllte ein enges schwarzes Loch. Die Jungen starrten hinunter.

»Kann jemand bis auf den Grund sehen?«, fragte Bob beklommen.

»Nein«, sagte Hal. »Hier ist alles finster.«

»Wenn ihr meint, ich springe in ein Loch, wo ich keinen Boden sehen kann«, erklärte Peter, »dann seid ihr schief gewickelt! Ich bleibe hier.«

»Der Kerl, der uns eingesperrt hat, kommt vielleicht wieder her«, sagte Justus.

»Bloß das nicht!«, stöhnte Peter. »Also gut – wer geht als Erster?«

»Hätten wir bloß nicht unsere Taschenlampen bei den Fahrrädern gelassen«, sagte Justus.

Das schwarze Loch gähnte sie an.

Schließlich trat Bob zum Rand des Lochs vor. »Dann wollen wir mal«, sagte der Kleinste der drei ???. »Glück auf, Kumpels!«

Bob ließ sich in das Loch hinunter, hielt sich noch einen Augenblick am Rand fest – und sackte dann ab in die Finsternis.

Hetzjagd durch die Nacht

Justus, Peter und Hal spähten in das schwarze Loch hinunter.

»Bob?«, rief Peter.

Aus der Finsternis drang eine Stimme empor. »Es ist wirklich ein Gang in der Erde. Sehen kann ich nichts; aber ich spüre es an den Wänden. Wartet mal eben.«

Die drei Jungen oben im Schrank hörten es rumoren. Es schien Stunden zu dauern, aber tatsächlich meldete sich Bob schon nach Minuten wieder.

»Der Tunnel führt nach der einen Richtung, zum Wohnzimmer hin, nur ungefähr zwei Meter weiter. Am Ende ist wieder eine Falltür, aber die krieg ich nicht hoch. Außerdem hat ja unser Freund die Haustür abgeschlossen. Der andere Weg, weg vom Haus, dürfte frei sein.«

Peter spürte Unbehagen. »Wie sollen wir wissen, wohin der führt, Just?«

»Wir können uns verirren«, meinte Hal.

Justus biss sich auf die Lippe. Er rief hinunter: »Bob? Wie ist denn die Luft da unten? Spürst du irgendeinen Luftzug?«

»Luftzug – nein«, sagte Bob, »aber recht frisch wirkt die Luft.«

Droben im Schrank zögerte Justus. Dann sah er in das schwarze Loch hinunter. Wohin führte der Gang?

»Dieser Tunnel könnte recht gefährlich sein«, sagte der Erste Detektiv schließlich. »Wenn er irgendwo einstürzt, ist es aus mit den drei Detektiven – und mit Hal. Aber wenn wir nur hier herumhocken, bringt uns das nicht weiter. Und ich finde, wir sollten nicht das Risiko eingehen und auf den Burschen warten, der uns hier eingesperrt hat. Wenn er wiederkommt, wird er womöglich …«

»Schon gut, ich seh es ein«, sagte Peter hastig.

Der Zweite Detektiv ließ sich in das schwarze Loch hinunter und war gleich verschwunden. Als Nächster stieg Hal ein, zuletzt Justus. Auf dem Grund des engen Tunnels versuchten die Jungen, einander zu sehen, aber dazu war es in dem Gang zu finster. Und kalt war es auch. Jeder spürte, wie die anderen bibberten.

»Machen wir uns auf den Weg«, sagte Peter entschlossen. »Ich gehe voraus, dann kommt Just, dann Hal und zuletzt Bob. Jeder hält sich am Gürtel des Vordermannes fest, damit wir uns nicht verlieren. Alles klar? Dann los.«

Sie gingen langsam den pechschwarzen Gang entlang. Peter erkundete zunächst jeden einzelnen Schritt. Der Gang war sehr niedrig, und sie kamen nur gebückt und mühsam vorwärts.

»Anscheinend geht's ganz geradeaus«, verkündete Peter nach einer Weile. »Aber ich bin nicht sicher. Ich habe die Orientierung verloren.«

In völliger Finsternis bewegten sich die vier Jungen vorsichtig weiter. Jedes Mal, wenn Peter einen Schritt vorwärts tat, kam es ihn härter an, den Fuß aufzusetzen. Sie redeten immer weniger, Dunkelheit und Stille tief im Erdinnern bedrückten sie.

»Peter«, sagte Justus, »war mir nicht eben, als hätte sich was bewegt?«

Alle erstarrten.
»Die Luft!« sagte Bob. »Ist da nicht ein Luftzug, Freunde?«
Peter ging ein wenig schneller voran. Der Gang machte eine kleine Biegung – und da vorn sahen sie es. Ein hellerer Fleck im Dunkeln!
»Da ist eine Öffnung!«, rief Peter.
Noch zwanzig Schritte, und sie standen draußen in der Nacht. Erst einmal grinsten sie einander an. Sie waren in Sicherheit – weg aus dem alten Haus, weg von der schrecklichen Finsternis in dem Gang. Das Mondlicht wirkte nach dem Tunnel taghell.
»Wir sind in der Schlucht«, sagte Hal, nachdem er sich umgesehen hatte.
Die steilen Wände der Schlucht ragten vor ihnen auf. Als sie zur Einmündung des Tunnels zurückblickten, sahen sie, dass sie ganz verborgen hinter einem Felsüberhang und dichtem Gestrüpp lag.
»So«, verkündete Justus unverzagt, »und jetzt gehen wir zurück und …«
»Aaaaaah!« Ein Schrei hallte durch die Mondlandschaft.
Ein greller Aufschrei, keine zehn Meter entfernt, und dann ein Krachen und ein dumpfes Poltern!
»Um Himmels …« stammelte Peter.
Vor ihnen erhob sich im Dunkel eine Gestalt.
»Wer ist da?«, fragte eine heisere Stimme. »Aha! Ihr Bengels!«
Die Jungen sahen das zornentbrannte Gesicht des vorgeblichen Kunsthändlers De Groot wie eine Geistererscheinung im Mondschein. Er kam auf sie zugehinkt, den Anzug mit grobem Schmutz bedeckt, als sei er in die Schlucht gestürzt.
Die Jungen liefen los.

»Halt, ihr –«

Sie rannten zum anderen Ende der Schlucht, wo ihre Fahrräder lagen. Der Kunsthändler kam in dem felsigen Bachbett hinterhergestolpert. Da liefen sie im Dunkeln noch schneller.

»Dort sind unsere Räder!«, schrie Peter.

Er raste los – und prallte in vollem Lauf auf einen Mann. Hände packten ihn, aber Peter riss sich los.

»Achtung!«, schrie Peter. »Schnell weg, Freunde!«

Der Mann versuchte den anderen Jungen, die vor ihm einen Haken schlugen, den Weg abzuschneiden.

»Hal! Ich bin's doch!«

»Papa!«

Professor Carswell stand im Mondlicht neben den Fahrrädern der Jungen.

»De Groot –«, keuchte Peter. »Er ist hinter uns her!«

»Er hatte uns in dem alten Lehmhaus eingesperrt!«, rief Hal empört.

»Aber wir haben dann einen Geheimgang entdeckt«, sagte Bob, »sonst wären wir jetzt noch dort!«

Der Professor spähte die Schlucht entlang. »Ich sehe aber keinen hinter euch, Jungen.«

Still lag die Schlucht im Mondlicht da.

»Er war aber hier, Herr Professor«, sagte Justus, und dann erzählte er, was in dem alten Haus geschehen war. »Als er uns in der Falle hatte, durchsuchte er noch das Haus. Er muss den gleichen Gedanken gehabt haben wie wir.«

»Und auch das Malerhäuschen hat schon wieder jemand durchstöbert«, sagte Professor Carswell. »Sicherlich war auch das De Groot.«

»Na klar, Papa«, sagte Hal. »Danach ist er wohl zurückgekommen, um uns zu holen, hat uns nicht mehr gefunden und dann versucht, uns wieder einzufangen. Aber dabei stürzte er in die Schlucht, und das hörten wir rechtzeitig und konnten loslaufen.«

»Wenn ich nicht nach Hal gesucht und die Fahrräder gefunden hätte, wärt ihr vielleicht alle in großer Gefahr gewesen«, sagte Professor Carswell. »Ihr habt nichts Unrechtes getan, das muss ich zugeben. Aber es gefällt mir nicht, dass dieser De Groot hier herumlungert. Für euch Jungen kann das schlimm ausgehen!«

Die drei ??? *De Groot ist also in die Schlucht gestürzt, hereingefallen? Ein Pechvogel, der Mann – hat es ihn doch vorher schon einmal erwischt, und man sollte meinen, gebranntes Kind scheue das Feuer (und träte vorsichtiger ins Gelände)!*

Justus kombiniert

Als die drei ??? an diesem Abend heimkehrten, bekamen sie allesamt Ärger, weil sie das Abendessen versäumt hatten. Tante Mathilda murmelte vor sich hin, Müßiggang sei aller Laster Anfang, aber zum Glück hielt sie der Beginn ihres Lieblingsprogramms im Fernsehen davon ab, Justus noch eine Arbeit aufzubrummen. Peter hätte nach dem Abendessen den Rasen mähen sollen, und sein Vater trug ihm auf, dies gleich am nächsten Morgen nachzuholen. Als Peter dann am anderen Tag endlich in der Zentrale ankam, fand er die anderen schon alle versammelt.

»Musste den Rasen mähen, Freunde«, begann er zu erklären. Dann hielt er inne. Justus und Bob hockten flügellahm am Schreibtisch. Bob war völlig entmutigt, und Justus sah richtig krank aus.

»Ihr macht Gesichter, als sei jemand gestorben!«, sagte Peter.

»Nein, es war nicht so gemeint. Wir hätten ja beinahe wirklich dran glauben müssen. Aber was ist nun los, Freunde?«

»Mr Marechal hat uns soeben gefeuert«, sagte Bob kummervoll.

Justus seufzte. »Vor ein paar Minuten hat er angerufen. Professor Carswell sagte ihm, was gestern Abend in dem alten Haus passiert ist. Daraufhin sagte Mr Marechal, die Situation würde ihm zu gefährlich und man solle die Polizei verständigen. Jedenfalls glaube er nicht, dass wir noch viel ausrich-

ten könnten. Er wird uns eine kleine Anerkennungsgebühr zukommen lassen.«
»Oje«, sagte Peter und ließ sich auf einen Stuhl fallen. »Unser erster Fehlschlag!«
»Und dabei ist noch so vieles offen und verwirrend«, klagte Justus.
»Na«, sagte Bob düster, »ich schätze, wir werden mit der Verwirrung leben müssen.«
Justus nickte langsam, und dann schwieg der massige Anführer des Detektivteams eine lange Zeit. Seine Augen schienen etwas weit Entferntes zu sehen. Peter beobachtete das.
»Nun wirf nicht gleich die Flinte ins Korn, Bob«, sagte Peter. »Mir schwant, Justus lässt sich nicht ernstlich abwimmeln und verwirren. Nur könnte Mr Marechal böse werden, wenn wir weiter herumschnüffeln, Just.«
»Dann müssen wir ihn eben überzeugen, dass wir am besten weitermachen«, erklärte Justus. »Die drei Detektive geben einen Fall nicht aus den Fingern, bis er aufgeklärt ist!«
»Und wie sollen wir ihn überzeugen?«, fragte Bob.
»Wir zeigen ihm, dass hinter der ganzen Sache mehr steckt, als er bisher geahnt hat. Ein richtiges Geheimnis, Bob! Und wir beweisen ihm, dass wir dazu berufen sind, dieses Rätsel zu lösen!«
Peter schüttelte den Kopf. »Ich weiß nicht, Just. Vielleicht hat Mr Marechal recht. Wir haben nicht gerade viele Anhaltspunkte.«
»Aber sicher! Wir haben Joshua Camerons letzte Worte und unsere bisherigen Ermittlungen.«
»Und was brachten die?«, meinte Peter.
Justus beugte sich über die Tischplatte vor. »Erstens, dass der

alte Joshua etwas besessen haben muss, das wertvoller oder mindestens bedeutsamer ist, als man vermutet hat. Zweitens, dass dies möglicherweise noch weiteren Personen bekannt ist. Drittens, dass die abgängigen zwanzig Bilder irgendwie Teil des Geheimnisses sind. Und viertens, dass die im Fieber gestammelten letzten Worte des alten Joshua tatsächlich eine Botschaft sein sollten!«

Der pausbäckige Erste Detektiv lehnte sich wieder zurück. »Und jetzt müssen wir nur das Rätsel der letzten Worte des Joshua Cameron lösen – vorausgesetzt, dass sie uns korrekt übermittelt wurden.«

»Du meinst, Hal und sein Vater lügen?«, rief Bob.

»Wir wissen, dass der Professor Geld braucht«, sagte Justus. »Wir wissen, dass Joshua in den letzten Monaten seine Miete nicht bezahlen konnte und sich beim Professor sogar Geld geborgt hatte. Der Professor hat vielleicht die ganze Zeit gewusst, dass da etwas Wertvolles war, oder er hat es sich gedacht, nachdem damals der Einbrecher da war.«

»Ich glaube nicht, dass Hal uns anlügen würde«, wandte Peter ein.

»Mag sein«, sagte Justus. »Dann nehmen wir mal an, dass uns Joshuas letzte Äußerungen wortgetreu übermittelt wurden. Ich habe sie ja gleich mitgeschrieben, wie sie Hal und der Professor zitierten.«

Justus zog einen Zettel hervor und legte ihn auf den Tisch. »Nach Aussage des Professors kam Joshua immer wieder auf die Worte *Gemälde*, *Zickzack*, *falsch*, *Leinwand* und *Meister*«, las Justus. »Hal, der mehr Zeit bei dem alten Mann zubrachte, hat es noch ausführlicher wiedergegeben. Er sagte, das Gestammel des alten Joshua hätte sich eher so angehört: *Sagt es ihnen … zick, nein, zack … die falsche Richtung … Meister … meine Bilder … meine Leinwand … Zickzack falsch … sagt es ihnen … falsch.* Immer und immer wieder das Gleiche, zumindest sinngemäß.«

Peter kratzte sich am Kopf. »Dieses *Zick* und *Zack* hört sich wie eine verschlüsselte Botschaft an, und *falsche Richtung* klingt, als hätte Joshua den Weg zu etwas weisen wollen. Irgendein Weg ist falsch. Aber welches ist der richtige Weg?«

»Ja«, bestätigte Justus, »hier scheint ein Stück zu fehlen. Nur fällt einem auf, dass das Wort *falsch* an der zweiten von Hal erwähnten Stelle allein steht, ohne das Wort *Richtung.*«

»Was bedeutet das, Just?«, fragte Bob.

»Das weiß ich eben nicht«, sagte Justus entmutigt.

Bob las sich die Worte nochmals durch. *Meister* und *meine Bilder* könnten bedeuten, dass Joshua seine eigenen Bilder für Meisterwerke hielt – obwohl er nur Amateur war. Und *Leinwand* ist ja der Malgrund bei Ölbildern.«

»De Groot scheint Joshuas Bilder gut zu beurteilen«, sagte Peter.

Da rief Bob: »Das kann es sein! Vielleicht war Joshua Cameron tatsächlich ein guter Maler. Ein großer Künstler, aber ein Sonderling, der seine Werke weder ausstellen noch verkaufen wollte! Vielleicht glaubt De Groot, er könne Joshuas Bilder jetzt zu hohen Preisen verkaufen!«

»Mag sein, aber dann wären eben Joshuas letzte Worte keine Botschaft«, wandte Justus ein. »Ich glaube aber bestimmt, dass sie eine Nachricht darstellen, und ich stolpere immer wieder über eines – warum forderte Joshua: *Sagt es ihnen?* Wen meinte er damit?«

»Die Gräfin und Mr Marechal«, meinte Peter.

»Mr Marechal ist doch nur der Gutsverwalter der Gräfin«, überlegte Justus. »Würde Joshua ihn mit Meister ansprechen? Würde er die Botschaft nicht ausdrücklich an seine Schwester richten mit den Worten *sagt es ihr?* Oder wenn sie für sonst jemand bestimmt wäre – *sagt es ihm?* Aber vielleicht wollte er sich doch an mehrere Personen wenden. Vielleicht an eine Bande?«

»Eine Bande?« Peter war verblüfft.

»Eine Verbrecherbande vielleicht? Oder Schmuggler?«, sagte Justus. »Der alte Joshua lebte ganz einsam und hat sein Häuschen nie verlassen. Fast als hätte er Angst. Vielleicht war er auf Tauchstation gegangen?«

»Und De Groot gehört zur Bande«, war Peters Vermutung, »und sucht jetzt nach Beute oder irgendwelchem Schmuggelgut!«

»Das wäre die Erklärung für De Groots Suche im Lehmhaus, als er uns gestern Abend dort einsperrte«, sagte Justus. »Hingegen ergäbe sich kein Zusammenhang mit Bobs Mutmaßung, dass Joshuas Bilder in Wahrheit sehr wertvoll sind. Auf der Suche nach zwanzig Bildern hätte De Groot nicht in dem Haus alles kurz und klein geschlagen.« Justus hielt mit besorgtem Gesichtsausdruck inne.

»Was ist denn, Just?«, fragte Bob.

»Mir ist da was nicht klar«, sagte der Erste Detektiv langsam. »Während ich von gestern Abend und dem Lehmhaus redete, kam mir irgendwas plötzlich sonderbar vor. Ich hab so eine dunkle Ahnung, dass mir etwas entgangen ist, aber ich komm nicht genau drauf.«

»Ich kann nicht finden, dass gestern Abend was nicht in Ordnung war«, sagte Peter.

Die drei ??? *Justus ist jetzt ganz nahe dran. Aber er ist eben auch manchmal ein Pechvogel und leider schon mehrfach auf bloßen Anschein hereingefallen …*

»Kann mich ja irren«, sagte Justus. »Jedenfalls glaube ich, dass wir jetzt genug ermittelt haben, um uns wieder an Mr Marechal zu wenden und ihn vielleicht herumzukriegen, damit er uns weitermachen lässt. Ich werde mit Peter hingehen.«
»Was mache ich so lange?« erkundigte sich Bob.
»Wir sind ja immer noch auf der Suche nach diesen Bildern, Bob. Für mich ist nicht auszuschließen, dass sie wertvoll sind, wie du vermutet hast, und De Groot deshalb darauf erpicht ist«, erklärte Justus. »Du gehst also los und versuchst noch mal, mit Skinny Norris zu reden. Du musst herauskriegen, woher er das eine Bild hat.«

Ein Fehlschlag!

Das Motel »Cliff House« war eine elegante Kuranlage am Pazifik, südlich von Rocky Beach. Peter und Justus stellten ihre Fahrräder ab und traten in die luxuriös ausgestattete Eingangshalle. Ein großer Mann mit ernstem Blick beobachtete sie misstrauisch von seinem Platz am Empfang aus.

»Darf man wissen, was ihr Jungen hier sucht?«, fragte der Mann.

Peter wurde schon nervös, aber Justus ließ sich nicht so leicht einschüchtern. Der stämmige Junge reckte sich, so hoch es ging, und als er den Mund auftat, sprach er nicht wie ein Amerikaner, sondern mit ausgeprägt britischem Akzent!

»Bitte melden Sie uns unverzüglich der Gräfin, guter Mann«, sagte Justus, indem er den Angestellten hochnäsig musterte. »Lord Jonas und Herr Peter Shaw. Sie können auch Monsieur Marechal von unserer Ankunft in Kenntnis setzen.«

Peter konnte sich das Lachen kaum verbeißen. Er hatte schon öfter erlebt, wie Justus seine Schau abzog, aber für den Hotelangestellten war sie ja neu. Der Mann zögerte unschlüssig. Seiner Rede nach hätte Justus ohne weiteres ein englischer Lord sein können.

»Nein, warten Sie«, sagte da Justus. »Wenn Sie mir freundlicherweise Armands Zimmernummer nennen, werden wir ihn dort aufsuchen.«

»Hm«, sagte der Mann. »Mr Marechal wohnt in Bungalow zehn. Ich werde einen Pagen rufen …«

»Bitte keine Umstände«, sagte Justus würdevoll. »Ich denke doch, dass wir zurechtkommen. Kommen Sie, Mr Shaw.«
Mit unverändert hochnäsiger Miene durchschritt Justus majestätisch die Empfangshalle und trat durch die Seitentür in den herrlich angelegten Park des eleganten Motels.
Sobald er vom Empfang aus nicht mehr gesehen werden konnte, ließ Justus die Maske fallen und lachte los. »Bungalow zehn ist nach dem Wegweiser hier links, Peter.«
»Irgendwann wird uns deine Nummer Schwierigkeiten einbringen«, sagte Peter. »Mindestens eine Ohrfeige!«
»Das nehme ich kaum an. Angestellte in teuren Hotels lassen sich leicht einschüchtern. Sie müssen immer sehr Acht geben, damit sie nicht irgendeinen Prominenten verärgern«, bemerkte Justus.
Sie gingen einen schmalen Weg zwischen Hibiskus- und Kamelienbüschen entlang. Sie konnten hören, wie die Motelgäste im Schwimmbecken planschten und lachten und sich auf der großen Terrasse bei einem Drink unterhielten. Die freistehenden Bungalows und einige Reihenbauten mit preiswerteren Appartements lagen überall in der Parkanlage verstreut.
»Hier ist Bungalow neun«, sagte Justus. »Also liegt Nummer zehn gleich drüben hinter der Palme.«
Die Jungen gingen an der Palme vorbei – und blieben stehen. Da stand jemand vor einem Fenster von Bungalow zehn und linste hinein! Und dann ging der Späher an Mr Marechals Tür und versuchte sie aufzustemmen.
»Just!«, platzte Peter heraus. »Das ist ja …«
Das war zu laut! Peters Stimme erschreckte den Schnüffler, der sich rasch umwandte und den Jungen entgegenstarrte.

»Skinny Norris!«, vollendete Justus an Peters Stelle.
Der Erzfeind der drei ??? riss den Mund auf wie eine verdatterte Vogelscheuche. Als die beiden auf ihn losgingen, wendete Skinny wie der Blitz und sauste ins dichte Gebüsch des Hotelparks.
»Hinterher, Kollege!«, rief Justus.
Peter raste dem schlaksigen Burschen nach, zwischen Palmen und Hibiskussträuchern hindurch. Es war Justus klar, dass er Skinny unmöglich mit Erfolg nachsetzen konnte. Er überschaute die Lage und erkannte, dass Skinny das Schwimmbecken umrunden musste, wenn er durch den Parkeingang wieder hinauswollte. Skinny blieb gar nichts anderes übrig, zumal ihm Peter den Rückzug abschnitt!
Justus lief also schleunigst zum Schwimmbecken hin.
Er kam an der Terrasse vorbei und verschnaufte kurz auf dem grünen Betonboden, ehe er zum Becken vorging. Er hielt über die Wasserfläche nach Skinny oder Peter Ausschau und übersah deshalb ganz Mr Marechal, bis der kleine Herr mit dem Silberhaar unmittelbar vor ihm stand.
»Hoppla!«, rief Justus und konnte gerade noch anhalten, ehe er mit dem Mann zusammengestoßen wäre.
»Justus! Was zum Kuckuck treibst du hier?«, fragte Mr Marechal mit Donnerstimme. »Sind das deine Ermittlungsmethoden – mich beinahe anzurempeln?«
»Entschuldigen Sie«, stieß Justus keuchend hervor. »Wir haben gerade Skinny Norris dabei ertappt, wie er in Ihren Bungalow einbrechen wollte! Peter ist jetzt hinter ihm her, und ich wollte ihm den Weg abschneiden!«
»Dieser Junge, der das eine von Joshua Camerons Bildern hatte?«

»Ja, der. Wenn Peter ihn –«
In diesem Augenblick kam Peter niedergeschlagen aus der Richtung der Hotelzufahrt um den Beckenrand herum.
»Er ist weg«, sagte Peter. »Tut mir leid, Mr Marechal.«
»Bedauerlich.« Mr Marechal zog die Brauen zusammen. »Was in aller Welt wollte er nur in meinem Bungalow?«
»Sind dort die Sachen, die wir für die Gräfin wiederbeschafft haben, Sir?«, fragte Justus. »Joshua Camerons Besitz?«
»Ja. Aber was wollte der junge Norris damit anfangen? Eine ausgestopfte Eule – Silberbesteck – ein Fernglas … Was zum Kuckuck …« Mr Marechal brach ab. Er schaute zur Terrasse hinüber. »Ich glaube, es wäre der Gräfin recht, wenn wir zu ihr gingen. Die Angelegenheit macht ihr sehr zu schaffen.«
Die Jungen sahen die Gräfin an einem Tisch auf der Terrasse. Sie gingen mit Mr Marechal zu ihr hin. Die Gräfin sah bekümmert aus.
»Habt ihr Sorgen, Jungen?«
Mr Marechal erklärte eilig, was mit Skinny Norris vorgefallen war, und bedeutete den Jungen, Platz zu nehmen. »Aber ihr seid ursprünglich nicht hergekommen, um Jagd auf den jungen Norris zu machen, oder? Ich vermute doch, dass ihr andere Gründe hattet?«
»Lassen Sie uns den Fall weiter bearbeiten, Sir«, platzte Peter heraus. »Wir haben –«
»An sich gern, aber …«
»Wir haben einiges ermittelt, Sir«, warf Justus hastig ein, und dann erklärte er, wie sie zu dem Schluss gekommen waren, dass Joshua Cameron etwas Wertvolles besessen haben musste, dass jemand dies wusste, dass es irgendwie mit den verschwundenen Bildern zusammenhing und dass die letz-

ten Worte des alten Joshua eine Botschaft darstellten. »Wir meinen, es gibt zwei mögliche Erklärungen, Sir. Erstens, dass der alte Joshua vielleicht doch ein Künstler war und seine Gemälde dann großen Wert hätten und dass dies De Groot bekannt ist. Oder zweitens, dass Joshua heimlich einer Bande angehörte und irgendein wertvolles Beutestück oder geschmuggelte Wertsachen versteckt hielt!«

»Eine Bande?«, sagte der Verwalter. »Ihr meint, Kriminelle? Der Bruder der Gräfin? Unsinn, das wäre wirklich absurd!«

»Nun ja«, sagte die Gräfin langsam, »aber dieser De Groot ist allem Anschein nach auf etwas erpicht, und er ist kein sehr angenehmer Zeitgenosse.«

Justus sagte: »Joshua war vielleicht der nichtsahnende Betrogene, Sir.«

»Hm«, überlegte Mr Marechal mit einem Blick auf die Gräfin.

»Der alte Joshua war schon ein Sonderling. Da liegt ihr vielleicht richtig, Jungen. Wenn es stimmt, dann ist die Sache umso gefährlicher und gehört in die Hände der Polizei.«

»Aber Mr Marechal«, erhob Justus Einspruch, »wir können bestimmt helfen!«

»Kommt überhaupt nicht in Frage! Ich bedaure. Lebt wohl, ihr beide.«

Langsam standen Peter und Justus auf und verließen die Terrasse. Das war wirklich ein Fehlschlag!

Jähe Bedrohung

Justus und Peter trotteten durch die elegante Empfangshalle des Motels und auf die Straße hinaus zu ihren Fahrrädern. Sie waren so verzagt, dass sie nicht merkten, wie der Portier ihnen nachkam.

Als Justus gerade aufs Rad steigen wollte, spürte er eine Hand auf seinem Arm, die ihn zurückhielt.

»Seid ihr beiden die Detektive?«, wollte der Portier wissen.

Peter schluckte. »Wir …«

»Raus mit der Sprache, Junge! Seid ihr's oder nicht?«

»J-ja, Sir«, stammelte Justus.

»Dann kommt mit. Los, schnell!«

Die Jungen sahen sich an, zuckten die Achseln und folgten brav dem Portier in die Hotelhalle zurück. Der streng blickende Mann am Empfang schaute unverwandt herüber, und aus allen Türen starrten Pagen sie an. Was hatten sie nur verbrochen? Der Portier führte sie in ein kleines Nebenzimmer und schloss die Tür hinter ihnen.

Die Gräfin saß allein im Raum.

»Ich musste euch vor eurem Weggehen noch einmal sprechen, sagte sie mit einem Lächeln. »Es hat mich richtig betrübt, euch so enttäuscht zu sehen, nachdem ihr euch für uns solche Mühe gegeben hattet.«

»Dann dürfen wir also den Fall weiter bearbeiten?«, rief Peter.

»Hat Mr Marechal es sich anders überlegt?«, fragte Justus.

»Nein, und wahrscheinlich mit Recht«, sagte die Gräfin. »Aber ihr habt mir gezeigt, dass ihr intelligent seid und vernünftig handelt, und ich glaube, ihr habt mehr Verantwortungsbewusstsein, als Mr Marechal euch zutraut.«

»Aber ja, Madam!«, riefen beide Jungen gleichzeitig.

»Ihr hattet da eine Karte mit einer Empfehlung des Polizeichefs«, fuhr die Gräfin fort. »Wenn ich euch erlaube, dass ihr weiter für mich arbeitet, wollt ihr versprechen, recht vorsichtig zu sein?«

»Ganz bestimmt?«, versicherte Peter.

»Gut«, sagte die Gräfin, und ihr ebenmäßiges Gesicht wurde von Trauer überschattet. »Ich muss wissen, ob eure Ermittlungen etwas Wahres an den Tag gebracht haben. Wie ich euch schon sagte, kannte ich meinen Bruder nicht sehr gut. Er war ein eigenartiger, verschlossener Mensch. Ich ... ich wusste eigentlich nie, was er all die Jahre über trieb. Eine Heimat hat er wohl nirgends gehabt, und da waren ein paar sonderbare Freunde.«

»Vielleicht wurde er von Kriminellen nur ausgenutzt«, sagte Justus.

»Immer noch besser, als selbst kriminell zu werden, aber dennoch ...« Die Gräfin seufzte. »Bis jetzt habt ihr eure Sache offenbar recht gut gemacht, und ich glaube, ihr werdet die Wahrheit für mich ermitteln. Ich möchte nun endlich die volle Wahrheit über meinen armen Bruder erfahren.«

»Gräfin«, sagte Justus, »Sie haben in dem, was wir Ihnen bereits beschaffen konnten, nichts gefunden, oder doch?«

»Nichts, Justus. Was meinst denn du, was dieses geheimnisvolle Wertobjekt sein könnte – falls es überhaupt existiert?«

»Das wissen wir noch nicht«, musste Justus zugeben.

»Aber du meinst, Joshua hat es irgendwo versteckt und seine letzten Worte waren als Botschaft jemandem zugedacht? Als Hinweis auf das Versteck?«
»Davon bin ich überzeugt«, sagte Justus eifrig.
»Na gut, aber seid vorsichtig! Nehmt euch vor allem vor De Groot in Acht, wer er auch sein mag. Ich möchte es später nicht bereuen, dass ich euch weitermachen ließ. Wenn ihr mehr wisst, kommt wieder her und berichtet mir darüber.«
Die Dame entließ die Jungen mit einem Lächeln. Angespornt von der Aussicht, weiter an dem Fall knobeln zu dürfen, liefen sie zu ihren Fahrrädern.
Als Peter und Justus von Tunnel II aus in ihre Zentrale hinaufkletterten, fanden sie Bob wartend vor.
»Es gibt was Neues, Freunde!«, verkündete Bob, als seine beiden Partner auftauchten.
»Bei uns auch!«, sagte Peter.
»Wir sind wieder mit dem Fall betraut, Bob!«, erklärte Justus munter, und dann erzählte er Bob alles über die Ereignisse im Motel.
»Also von dort kam Skinny in solcher Hast hergefegt«, sagte Bob. »Es sah so aus, als hätte er Angst. Toll, dass wir wieder an dem Fall dran sind!«
»Du hat also Skinny an seinem Haus gesehen, Bob?«, fragte Justus. »Und du weißt was Neues von ihm?«
»Aber sicher«, verkündete Bob. »Als er nach Hause kam, lief er rein ins Haus und blieb drin. Aber ich hatte mir schon vorher den Gärtner der Familie Norris vorgeknöpft, und da kriegte ich heraus, wo Skinny arbeitet.«
»Ist das wichtig, Bob?«, fragte Peter.
»Wo, Bob?«, wollte Justus wissen.

»Er arbeitet als Assistent von Mr Maxwell James!«
Peter stutzte. »Maxwell James? Heißt das etwa …«
»Der berühmte Künstler!«, rief Justus mit leuchtenden Augen. »Seine Bilder sind weltbekannt, und er wohnt hier in Rocky Beach!«
»In einer großen Villa mit angegliedertem Atelier«, entsann sich Bob. »Das ist ja ein merkwürdiger Zufall, dass wir Gemälde suchen und Skinny für einen berühmten Maler arbeitet.«
»Ein zu merkwürdiger Zufall, Freunde«, meinte Justus. »Nach dem Mittagessen werden wir wohl Mr Maxwell James einen Besuch abstatten müssen.«

Sie stellten ihre Fahrräder gleich neben dem hohen schmiedeeisernen Tor zum Anwesen von Mr Maxwell James ab. Über den Baumwipfeln auf dem dicht bewaldeten Grundstück konnten sie die steinernen Türme eines großen schlossähnlichen Bauwerks erblicken. Das Eisentor stand offen, und in der Nachmittagssonne schien niemand in der Nähe zu sein.
»Gehen wir einfach mal rein«, entschied Peter.
Sie traten durch das große Tor und schritten einen schmalen, gewundenen Weg entlang durch üppiges, dichtes Grün. Plötzlich gellte ein lauter, grauenerregender Schrei über das Gelände hin – wie der Schmerzensschrei einer Frau oder eines Kindes.
»Was war das?«, flüsterte Bob.
»Ich will es gar nicht wissen«, sagte Peter unbehaglich. »Kehren wir um!«
Da kam der qualvolle Schrei schon wieder, irgendwo von links.

»Da ist jemand in Not!«, rief Bob.
»Kommt«, sagte Justus. »Aber vorsichtig, und duckt euch runter!«
Sie drangen vorsichtig in das wildwuchernde Dickicht ein. Wieder hallte der grässliche Schrei herüber – diesmal unmittelbar vor ihnen! Justus bog ein paar dicht belaubte Zweige zur Seite, und sie spähten durch die Sträucher auf eine kleine Lichtung.
Mitten darin kauerte eine riesige gefleckte Katze!
Sprachlos blickten die Jungen in die grünen Augen, die wild herüberstarrten. Und während sie noch schauten, riss die lohfarbene Katze den mit spitzen Zähnen bewehrten Rachen auf und stieß wieder den hohen, qualvollen Schrei aus.
»Ein Leopard!«, sagte Justus. »Los, weg!«
»Nein!«, gebot Peter. »Nicht weglaufen, ruhig stehen bleiben!«
Da ließ sich hinter den Jungen eine scharfe Stimme vernehmen.
»Aha! Hab ich euch endlich! Und schön hiergeblieben!«
Sie fuhren herum und sahen einen großen, bärenstarken Mann mit rotem Bart und dichtem rotem Haar. Er hatte zornige Augen und hielt einen blitzenden Wurfspeer mit mindestens meterlanger schmaler Klinge gepackt!
Auf der Suche nach einem Fluchtweg wandten sich die Jungen wieder der gewaltigen Katze zu. Mit jähem Fauchen sprang der Leopard auf sie los!

Spuk im Atelier

Der wilde Leopard schoss im Bogen durch die Luft auf die Jungen zu – und prallte, wie es schien, gegen eine unsichtbare Mauer! Er fiel wie ein Stein auf den Boden zurück. Betäubt vom Anprall schlich er wieder zur Mitte der kleinen Lichtung, kauerte sich dort hin und starrte die Jungen mit seinen grünen Augen an.

«Wie …?«, fing Bob mit zitternder Stimme an.

Peter griff in das Laub vor sich. Nur einen Fußbreit weiter vorn stieß seine Hand an die unsichtbare Mauer.

»Glas!«, sagte der Zweite Detektiv. »Der Leopard ist in einem großen Glaskäfig. Wir stehen so dicht vor der Scheibe, dass wir es nicht merkten. Die ganze Lichtung steckt in einem Glaskäfig!«

»Selbstverständlich«, sagte der rotbärtige Mann hinter ihnen. »Ihr glaubt doch nicht etwa, da würde jemand einen afrikanischen Leoparden in Rocky Beach frei herumstreunen lassen, oder?«

»Wir … wir haben uns das wohl nicht überlegt«, sagte Justus.

Bob fragte: »Warum halten Sie ihn in diesem Glaskäfig, Sir?«

»Wie sollte ich sonst die Bewegungen des Tieres studieren, sein Muskelspiel, seine Gangart, seine Sitzhaltung, seinen Ausdruck beim Brüllen?«, sagte der Bärtige.

»Sie sind der Künstler!«, erkannte Justus. »Maxwell James!«

»Und Sie malen zurzeit den Leoparden«, erriet Bob.
»Ich male oft afrikanische Motive. Zum Beispiel diesen Speer hier. Es ist ein sehr ungewöhnlicher Speer, mit sehr langer, dünner Klinge. Ein Massai-Speer. Zur Löwenjagd gefertigt, aber er lässt sich auch für anderes verwenden!« Und Mr James zielte mit dem langen furchtbaren Speer geradewegs auf die Jungen. »Also, was treibt ihr drei da unbefugt in meinem Atelier?«
»Wir waren nicht in Ihrem Atelier«, sagte Peter hitzig, »und wir sind nicht unbefugt hier!«
»Was soll das denn, dass ihr auf meinem Gelände herumschnüffelt?«
Justus sagte: »Wir sind Detektive, Mr James. Wir kamen her, um mit Ihnen über Ihren Assistenten Skinny Norris zu sprechen. Aber jetzt –«
»Norris? Dieser kleine Lump! Jetzt ist mir vollends klar, dass ihr drei nichts taugt! Marsch, in mein Haus. Ich werde die Polizei rufen.«
Der Künstler senkte den bedrohlichen Speer. Niedergeschlagen trabten die Jungen in das große schlossähnliche Haus. Mr James wies sie in ein Arbeitszimmer mit Wänden voller Bücherregale.
»Wenn Sie die Polizei anrufen, Sir«, sagte Justus, »dann verlangen Sie Hauptkommissar Reynolds. Er kennt uns.«
»Der Polizeichef kennt euch?« Mr James zögerte.
Justus witterte seine Chance. »Wenn Sie sich bitte unsere Karten ansehen möchten, Sir, dann wissen Sie Bescheid.«
Der Anführer der drei ??? zog die Visitenkarte und den Empfehlungsausweis hervor und reichte beides dem Künstler. Mr James las stirnrunzelnd.

»Rufen Sie doch Albert Hitfield an, den Filmregisseur, wenn Sie uns immer noch nicht glauben!«, sagte Peter.
»Alfred?« Mr James riss die Augen auf. »Da habt ihr euch verrechnet! Meinen guten Freund Albert rufe ich jetzt glatt an, dann wird euer Schwindel platzen!«
Der Maler griff nach dem Telefonhörer und wählte eine Nummer. Er fragte nach Mr Hitfield. »Albert? Hier Max James. Du, da sind drei Lausebengels einfach bei mir eingedrungen! Sie ... Wie? Ja, so heißen sie. Sie haben mir da ein paar Karten gezeigt. Woher weißt du das? ... Aha, ich verstehe ... Also, das sind sie tatsächlich? ... Na gut, Albert. Leb wohl.«
Der Künstler legte auf und musterte die Jungen. »Also, ihr seid wirklich Detektive. Albert versichert mir, dass ihr aufrichtig seid und Köpfchen habt. Da kann ich wohl meinen Speer wegstellen.« Mr James stellte seinen Massai-Speer in eine Ecke.
»Mr Hitfield hat uns schon viel geholfen«, sagte Justus etwas spitz.
»Das sagte er, ja«, bestätigte Mr James. »Allerdings sagte er auch, dass ich mich um keinen Preis mit euch einlassen soll, wenn mir mein Seelenfrieden lieb ist, und dass ihr zu ziemlich ausschweifender Phantasie neigt. Hmm. Vielleicht brauche ich das, Phantasie.«
»Um das Rätsel in Ihrem Atelier zu lösen, Sir?«, fragte Justus.
»Was? Woher weißt du, dass es in meinem Atelier ein Rätsel gibt?«
»Sie haben uns beschuldigt, in Ihrem Atelier etwas angestellt zu haben«, sagte der Erste Detektiv, »also ist dort etwas pas-

siert. Und Sie sagten, Sie brauchten vielleicht Phantasie, also muss Ihnen das, was passiert ist, ein Rätsel sein.«

»Das ist gut kombiniert – stimmt.«

»Geht es dabei etwa um ein gestohlenes Gemälde?«

»Wieso, zum Kuckuck, weißt du das nun wieder? Nein, nicht gestohlen, aber ohne Erlaubnis entwendet und wieder zurückgebracht. Den Schuldigen habe ich rausgeworfen. Aber mit meinem Rätsel hat das nichts zu tun. Um es rundherum zu sagen: Ich habe mir anscheinend mit ein paar Bildern einen regelrechten Spuk eingehandelt!«

»Bilder und Spuk?«, riefen Bob und Peter.

»Eine andere Erklärung dafür finde ich nicht«, sagte Mr James. »Mein Atelier ist vom Haus getrennt. Heute früh und gestern früh wollte ich mich an die Arbeit machen – und entdeckte, dass über Nacht Bilder den Platz gewechselt hatten. Auch andere Dinge standen nicht an der gewohnten Stelle. Es fehlte nichts, und nichts war in Unordnung – nur ein paar Sachen waren dort, wo ich sie nicht hingestellt hatte.«

Justus sagte: »Gleichen diese Spuk-Bilder dem einen Bild, das weggenommen und wieder hergebracht wurde, Sir?«

»Ja! Es sind alles Bilder, die ich bei einem Trödler gekauft habe.«

»Dann meine ich, dass ich erklären kann, was passiert ist«, sagte Justus und berichtete von Joshua Cameron, der Gräfin, Mr Marechal und De Groot. »Also glaube ich, dass jemand in Ihrem Atelier war, um diese Bilder zu untersuchen!«

»Ich verstehe«, sagte Mr James. »Nur gibt es da ein Problem. Bei Nacht kommt niemand in mein Atelier herein und niemand hinaus. Bei Nacht ist es abgeschlossen und vollkommen dicht!«

Die drei ??? als Fallensteller

»Vollkommen dicht?«, rief Bob.

»Unmöglich, rein- oder rauszukommen«, erklärte Mr James. »Möchtet ihr es euch selbst anschauen?«

»Ja, Sir!«, sagte Peter.

Sie folgten Mr James aus dem großen Haus und durch den verwilderten Park, vorbei an dem Leoparden in seinem Glaskäfig. Das Atelier war ebenfalls aus Stein gebaut, mit dicken Eisengittern vor den Fenstern und einer schweren Eisentür. Ehe sie eintraten, blieb Justus kurz stehen, um das moderne einbruchssichere Schloss an der Eisentür zu untersuchen.

»Darauf habe ich eine Garantie, dass ein Fachmann eine volle Stunde zum Einbrechen braucht«, bemerkte Mr James, »und Spuren sind jetzt sowieso nicht dran zu entdecken.«

Drinnen drehte sich Justus gleich um, um die Angeln der Eisentür in Augenschein zu nehmen. Sie befanden sich an der Innenseite und waren unbeschädigt.

»Es gibt nur diese eine Tür, Justus«, sagte Mr James.

Es war ein großes Atelier, reichlich mit Regalen zum Aufbewahren aller Utensilien ausgestattet. Das Licht fiel durch zwei Fenster und ein großes Oberlicht ein. Die Fenster, deren Flügel sich nach innen öffneten, waren von außen schwer vergittert. Das Oberlicht ließ sich gar nicht öffnen. Einen Kamin oder Ofen mit Außenanschluss gab es nicht. Ein kleiner Ventilator war hoch oben an der Wand gegenüber der Tür eingelassen; daran hing ein Kabel zu einer Steckdose dicht über dem Boden herunter. Der Fußboden war aus massivem Stein, nicht unterkellert. Hohle Stellen im Fußboden oder in den Wänden gab es nicht. Ein überschaubarer, massiver, festungsgleicher Raum, und nur die einzige Tür führte hinein oder hinaus.

»Und hier schließe ich jeden Abend ab«, sagte Mr James.

»Ja, dann …«, sagte Peter. »Vielleicht sind die Sachen durch einen Erdstoß verrutscht. Wir haben hier ja immer wieder kleine Beben.«

»Nein, Peter«, sagte Mr James. »Die Bilder sind ja nicht einfach verrutscht, sondern sie steckten in den falschen Fächern in ihren Regalen.«

»Diese Regale hier, Mr James?«, sagte Justus.

Er wies auf ein großes Regal voller fertiger Bilder. »Nein, das sind meine Arbeiten«, sagte der Maler. »Die Bilder, die ich bei dem Trödler kaufte, sind in dem Regal dort drüben.«

Mr James zeigte auf ein kleineres Regal, worin zumeist Keilrahmen mit aufgespannter leerer Leinwand standen. Justus sah aber den Rand von zwei der hinterlassenen Bilder von Joshua Cameron.

»Dürfen wir die Bilder alle einmal anschauen, Mr James?«, fragte er.

»Natürlich. Helft mir nur beim Herausnehmen, Jungs.«

Einige Minuten später standen alle zwanzig Bilder rings um das Atelier, gegen Wände und Regale gelehnt.

»Warum stellen Sie sie in dieses Regal mit den unbemalten Leinwänden?«, erkundigte sich Justus.

»Weil ich sie zum Übermalen gekauft habe, also für eigene Arbeiten. Die meisten Maler machen das so. Ich bin immer auf der Suche nach bemalter Leinwand. Letzte Woche kam ich zufällig das erste Mal am Trödelmarkt deines Onkels vorüber, und da dachte ich, es könnte am Lager vielleicht irgendwelche alten Ölbilder geben, und fand diese zwanzig.«

Die drei ??? *Wusstet ihr das mit dem Übermalen? Hmm – wie oft lässt sich wohl eine Leinwand überhaupt übermalen? Doch sicher nicht nur einmal?*

»Die wollen Sie also übermalen?«, sagte Bob.

Mr James nickte.

»Dann«, sagte Justus, »dann glauben Sie nicht, dass es gute Bilder sind? Dann sind sie gar nichts wert?«

»Für mich nicht, Justus, und den Namen Joshua Cameron habe ich überhaupt noch nie gehört«, sagte Mr James. »Aber davon abgesehen zeugen diese Bilder von einer hervorragenden Maltechnik. Cameron war ein äußerst talentierter Maler. Es ist wirklich eigenartig, dass er völlig unbekannt war.«

»Er hat seine Arbeiten niemals ausgestellt oder verkauft«, erklärte Peter.

»Eben ein Sonderling, wie ihr schon sagtet.« Mr James nickte. »Tja, da hat vielleicht die Kunstwelt einen guten Maler verloren.«

»Es hätten also doch große Werke sein können?«, fragte Justus. »Ich meine, Sir, könnte jemand diese Bilder als wertvoll betrachtet und sich für den Ankauf interessiert haben?«

»Vielleicht.« Mr James sah die Bilder nachdenklich an. »Aber ich bezweifle es. Ein wahrer Künstler ist man auch mit dem größten Maltalent noch nicht. Dazu braucht es Gestaltungskraft, persönlichen Stil – etwas, das die eigenen Arbeiten von denen aller anderen unterscheidet. Fällt euch auf, dass jedes

Bild wieder ganz anders wirkt? Als ob sie alle von verschiedenen Malern stammten. Die meisten Künstler haben ihren eigenen Stil. Bei Joshua Cameron war das anscheinend nicht der Fall.«

»Sie meinen, dass die meisten Maler immer gleich malen?«, fragte Bob.

»Es wechselt, aber nicht sehr stark. Diese Bilder hingegen sind in zwanzig verschiedenen Stilarten gemalt, und keines ist von unmittelbarem Reiz. Mr Cameron hat die Maltechnik anderer Künstler imitiert, anstatt sich in ausgeprägt eigenem Stil auszudrücken. Kein Kunstkenner würde diesen Bildern Wert beimessen.«

»Dürfen wir sie genauer anschauen, Sir?«, fragte Justus.

»Nur zu, Justus.«

Die Jungen untersuchten die Bilder. Sie hatten keine Rahmen, lediglich den Keilrahmen, auf dem die Leinwand aufgespannt war. Es gab nichts zu entdecken.

»Darin ist ganz bestimmt nichts versteckt«, entschied Peter. »Und eine Botschaft kann ich auch nicht finden.«

»Nein«, bestätigte Justus, der die Bilder immer noch anstarrte. Von jedem einzelnen schien das kleine Haus am Remuda Canyon zurückzustauen. Dann bückte sich Justus zu einem der Bilder hinunter. »Da! Die sind nummeriert, wie es scheint! Das hier ist Nummer eins, und …«

Die Jungen sahen sich die Bilder rasch noch einmal genau an und fanden auf jedem eine Nummer – immer in eine Ecke des Bildes gemalt. Sie stellten die Bilder um, bis die Reihenfolge stimmte. Dann traten sie zurück und schauten sie nochmals an, Mr James ebenfalls.

Die Bilder waren nun so aufgereiht, dass das mit der größten

Abbildung des Häuschens als erstes und die Ansicht aus der weitesten Entfernung als letztes kam.
»Eine Botschaft kann ich darin nicht entdecken«, sagte Peter nach einer Weile.
»Ich auch nicht«, bestätigte Bob.
»Also, ich sehe das so«, sagte Justus schließlich. »So, wie die Bilder gemalt sind, sieht es aus, als schrumpfe das Häuschen immer mehr zusammen. Die Bäume im Vordergrund, die Felsen, der Liegestuhl – das alles bleibt auf jedem Bild gleich groß. Nur das Haus wird immer kleiner, bis man auf dem letzten Bild gerade noch die Markise über der Veranda erkennen kann.«
»Stimmt, Just!«, sagte Bob. »Es sieht wirklich so aus, als schrumpfe das Haus ein, und nicht so, als entferne es sich nur weiter vom Betrachter. Aber was könnte das bedeuten?«
»Da habt ihr also den rätselhaften Vorgang einer Hausschrumpfung«, sagte Mr James lächelnd. »Und obendrein meinen Atelier-Spuk!«
»Ich weiß genau, dass es mit diesen Bildern etwas Wichtiges auf sich hat«, sagte Justus, »und dass deshalb jemand in der Nacht hier war und sie umstellte.«
»Aber hier kommt keiner herein, Justus«, sagte Mr James.
Justus schüttelte unbeirrt den Kopf. »Es gibt aber nun mal keinen verschlossenen Raum, in dem sich die Dinge von selbst bewegen.«
Der Erste Detektiv setzte sich auf eine lange, mit einem alten Tuch bedeckte Bank und sah sich eingehend im Atelier um. Mr James ließ sich auf einem Sofa nieder, Bob und Peter auf Stühlen.
»Wenn wir den erwischen könnten, der hier eingebrochen

hat«, sagte Justus, »dann wäre vielleicht auch zu erfahren, warum die Bilder so wichtig sind.«
»Wie sollen wir das anstellen?«, fragte Peter.
Justus erhob sich von der Bank und öffnete die Tür zu dem eingebauten Schrank. Er war von oben bis unten voller Regale mit Dosen, Pinseln und anderem Zubehör, und die Seitenwände waren massives Mauerwerk.
»Es gibt nur einen Weg«, sagte Justus. »Einer von uns muss sich hier im Schrank verstecken und abwarten, ob heute Nacht jemand ins Atelier kommt!«
»Also gut, Justus, dann verstecke ich mich im Schrank«, sagte Mr James.
»Nein, so geht es nicht. Sie müssen die Tür abschließen und weggehen. Ganz bestimmt werden Sie dabei beobachtet. Ein Einbrecher traut sich ja erst dann herein, wenn er sicher ist, dass Sie abgeschlossen haben und fortgegangen sind.«
»Tja«, sagte Bob. »Ich muss heute Abend für meinen Vater was erledigen.«
»Und ich«, entschied Justus, »muss im Freien Wache stehen.«
Peter stöhnte laut. »Augenblick noch, Freunde, gleich fällt mir etwas ein, was ich heute Abend irgendwo tun muss!«
»Peter, wir müssen wissen, was hier vorgeht«, sagte Justus.
»Klar, mich interessiert ja auch, wie sich in einem abgeschlossenen Atelier Dinge vom Fleck bewegen.« Peter schüttelte sich. »Aber um das zu erfahren, möchte ich nicht ausgerechnet selber hier drin sein!«
»Wir sind ja draußen, Peter«, ermutigte ihn Mr James.
Justus legte seine Pläne für den Abend dar. Dann gingen alle drei Jungen nach Hause, und Justus und Peter baten um Er-

laubnis, bei Mr James übernachten zu dürfen. Nach dem Abendessen begaben sich die beiden in aller Heimlichkeit wieder zu Mr James' Anwesen und schlichen durch das dämmrige Dickicht zum Atelier. Sie hielten sich noch eine Weile davor versteckt, um vorsichtig nach dem geheimnisvollen Eindringling auszuspähen und zu horchen. Als die Luft ganz rein schien, flitzte Peter ins Atelier und schlüpfte in den Schrank. Die Tür ließ er einen Spalt offen, so dass er beide Fenster und den halben Raum überblicken konnte. Draußen bezog Justus in einem dichten Gesträuch Posten, von wo sich der Eingang zum Atelier überwachen ließ.
Kurz vor Sonnenuntergang kam Maxwell James genau nach Justs Plan geräuschvoll den Weg vom Wohnhaus herüber. Der Maler vergewisserte sich, dass Peter im Schrank saß, rückte im Atelier ein paar Sachen zurecht und schloss die Fenster. Dann ging er hinaus, schlug dröhnend die Eisentür hinter sich zu und schloss sie ab. Dann trampelte er extra laut zum Haus zurück, um zu warten, bis es ganz dunkel war und er zu Justus stoßen konnte.

Peter sieht Gespenster

Durch den Spalt in der Schranktür sah Peter, wie es vor den beiden vergitterten Fenstern immer dunkler wurde. Seine Sitzhaltung hatte ihm schon einen Krampf eingebracht, aber er wagte nicht, sich zu rühren, um kein Geräusch zu machen.

Eine Stunde verging.Nichts geschah. Im Schrank wurde es heiß und stickig. Peter fragte sich, ob Justus und Mr James draußen auch gut aufpassten. Seine Beine schliefen allmählich ein, und das beunruhigte ihn.

Nach einer Weile verspürte der lange Zweite Detektiv Hunger. Er hatte sich ein paar belegte Brote mitgebracht, und jetzt packte er vorsichtig eines aus und versuchte, lautlos zu essen.

Noch eine Stunde verstrich.

Das Mondlicht fiel durch das dichte Laub der Bäume und warf gespenstische Schatten. Justus und Mr James kauerten im Gesträuch und behielten die verschlossene Tür im Auge.

Bis zehn Uhr abends war noch nichts zu sehen gewesen.

Das Atelier blieb dunkel und still. Nichts rührte sich in Mr James' dschungelähnlichem Park.

Es war nicht das Geringste passiert – zumindest nichts Außergewöhnliches. Der Leopard schritt knurrend in seinem dunklen Glaskäfig auf und ab. Ein paarmal zirpten Insekten, und kleine Nachttiere raschelten im Unterholz.

Justus setzte sich voll Unrast anders hin und seufzte.
Peter kämpfte mit dem Schlaf. In verkrampfter Haltung im Schrank, schwitzend und eingesperrt, fühlte er seine Lider schwer werden. Irgendetwas verschaffte ihm ein schwereloses Gefühl im Kopf und sandte Wogen von Müdigkeit über ihn hin.
Er hielt sich wacker, aber die Augen fielen ihm immer wieder zu. Zweimal ermannte er sich mit aller Kraft, nachdem er kurz eingenickt war. Als er zum dritten Mal aus längerem Schlummer erwachte, merkte er plötzlich, was ihm den Kopf so leicht machte – chemische Dämpfe!
Der Schrank stand voller Dosen mit Ölfarbe und Verdünner und Lösungsmittel. Ihre Dämpfe füllten den ganzen Innenraum. Die Hitze, die Stille und die betäubenden Dämpfe machten es Peter unmöglich, sich gegen das Einschlafen zu wehren.
Er döste. Wie lange, wusste er nicht. Aber als er dann allmählich wieder wach wurde – da war etwas im Atelier!
Peter schüttelte den Kopf, um klar denken zu können. Wachte er, oder schlief er noch? Sein Bewusstsein schien ganz umnebelt.
Das geheimnisvolle Etwas bewegte sich durchs Atelier. Eine schmale Gestalt, die im schwachen Mondglanz schwebte. Ein gespenstisches Wesen, das ein Bild aufzuheben und damit zu einem vergitterten Fenster zu gleiten schien, wo das Bild sich in Luft auflöste!
Die geisterhafte Gestalt verharrte am Fenster – Peter kam es endlos vor. Er gab sich verzweifelt Mühe, richtig wach zu werden und handeln zu können.
Wieder nahm er bei der sonderbaren Erscheinung ein schim-

merndes, verzerrtes Gemälde wahr. Das Wesen schwebte damit zum Regal zurück und trug dann ein neues Bild zum Gitterfenster.

Peter versuchte aufzustehen. Aber seine Beine versagten den Dienst!

Die schemenhafte Gestalt glitt wieder auf ihn zu.

Peter versuchte zu schreien.

Justus und Mr James hörten den gedämpften Aufschrei.

»Hilfe!«

Es klang ganz schwach – vom Atelier her!

»Schnell, Justus!«, sagte Mr James.

Sie sprangen auf und liefen auf die Eisentür zu. Das Atelier lag wie zuvor im Dunkeln. Sie hörten auch keine weiteren Laute von drinnen, als sie an der Tür anlangten. Mr James zog in fliegender Hast den Schlüssel hervor und verfehlte erst einmal das Schloss. Endlich fand er das Schlüsselloch und schloss auf. Er riss die Tür auf und stürzte in das dunkle Atelier.

»Licht, Justus! Dort an der Wand bei der Tür!«

Justus fand den Schalter und knipste Licht an. Das Atelier war leer.

Mr James und Justus liefen zum Schrank. Drinnen saß Peter noch immer auf dem Fußboden. Er hatte die Augen offen, wirkte aber wie betäubt.

»Um Himmels willen! Die Dämpfe von Verdünner und Lösungsmittel!«, murmelte Mr James. »Hol ihn raus, Justus.«

Zusammen halfen sie Peter auf. Dem Zweiten Detektiv waren die Beine eingeschlafen, und Justus und Mr James mussten mit ihm auf und ab gehen, bis sie wieder gut durchblutet waren. In der frischen Luft im Atelier bekam Peter bald wieder einen klaren Kopf.

»Mann«, sagte er. »Ich konnte einfach nicht wach bleiben. Aber ich hab das Ding gesehen! Etwas Unheimliches, wie ein Gespenst!«

»Da!«, rief Justus.

Auf dem Atelierboden, vor dem hinteren Fenster, lag eines der Bilder von Joshua Cameron! Und das Fenster stand offen.

»Das war das Gespenst!« Peter überlief ein Schauer, und dann setzte er sich auf die Bank nieder, als hätte er einen festen Halt nötig. Dann schilderte er, wie das Gespenst mit den Bildern auf und ab geschwebt war.

»Ja, es war tatsächlich jemand hier drin«, sagte Justus. »Aber ein Gespenst war das nicht. Es will mir nicht einleuchten, dass ausgerechnet ein Gespenst an Joshua Camerons Bildern Interesse haben soll.«

»Ich weiß aber genau, dass ich ein Gespenst gesehen habe!«, sagte Peter eigensinnig.

»Hör mal, Peter, wir wollen doch vernünftig sein. Du warst halb eingeschlafen und betäubt von diesen Lösungsmitteldämpfen. Du hast hier irgendjemand gesehen und ihn für einen Geist gehalten.«

»Und wie wäre der Kerl hier reingekommen?«, fragte Mr James. »Nur ein Gespenst hätte durch dieses Fenstergitter schlüpfen können, und wir haben niemand gesehen, der an die Ateliertür kam.«

»Also ist er auf anderem Weg hereingelangt«, sagte Justus. Er sah sich gründlich im Atelier um. Plötzlich leuchteten seine Augen auf.

»Da!«, rief er. »Dort oben!«

Peter und Mr James schauten zu der Stelle, auf die Justus

zeigte, hoch oben an der hinteren Wand. Dort, wo normalerweise der Ventilator in die Wand eingelassen war, gähnte jetzt ein kleines quadratisches Loch in die Nacht hinaus. Das vorher schlaff herabbaumelnde Kabel führte nun straff gespannt von der Steckdose zur Öffnung hinauf – und von dort ins Freie.

Justus ging zu dem Kabel hinüber und zog sachte daran. An der Außenwand hörte man ein schabendes Geräusch.

»Ihr Ventilator war nicht sicher festgeschraubt, Mr James«, sagte Justus triumphierend. »Unser ›Gespenst‹ hat ihn herausgerissen und einfach am Anschlusskabel außen runterhängen lassen, während er selbst einstieg.«

»Aber Justus!«, protestierte Peter. »Dieses Loch ist ja kaum vierzig Zentimeter hoch und breit. Wer sollte da durchkommen?«

»Offenbar jemand ganz Kleines oder Dünnes«, antwortete Justus.

Mr James schüttelte verwundert den Kopf. »Ich hätte wissen müssen, dass es eine logische Erklärung gibt. Ich dachte einfach nicht dran, die Befestigungsschrauben am Ventilator nachzusehen.«

»Ich auch nicht«, gab Justus reumütig zu. Es war schlimm für den Ersten Detektiv, wenn ihm ein Fehler unterlief, und jetzt ärgerte er sich gründlich, weil er zuvor nicht sorgfältig genug nachgeforscht hatte. Er blickte finster zu der Ventilatoröffnung hinauf. Dann wandelte sich sein Ausdruck allmählich zu Staunen.

»Eines ist ganz eigenartig«, sagte Justus mehr zu sich selbst. »Wir kamen auf Peters Rufen sofort her – es ging nur um Sekunden. Ich begreife nicht, wie da noch jemand hier hochklettern und durch dieses Loch ungesehen entwischen konnte.«

Mr James blickte in die Runde und zuckte die Achseln. »Na, jetzt ist jedenfalls keiner mehr hier!«

»Nein, Just«, bestätigte Peter.

Justus sah Peter an – und bekam große Augen!

»Was ist denn, Just?«, fragte Peter unsicher.

»Ich glaube, ich weiß jetzt, wie es war«, sagte Justus seelenruhig. »Ich weiß, wo unser ›Gespenst‹ steckt!«

»Na, wo denn?«, schrie Peter.

»Schau mal da runter«, sagte Justus. »Du hockst nämlich drauf!«

Peter sprang hoch wie von der Tarantel gestochen. Er starrte die lange, schwere, tuchbedeckte Bank an, auf der er gesessen hatte.

Justus sagte laut und deutlich:

»So, und jetzt komm aus deiner Kiste raus!«

Es folgte Stille. Dann hob sich das Tuch langsam hoch und rutschte zurück, und die »Bank« entpuppte sich als lange Truhe mit ausklappbarem Deckel. Ungläubig starrten die Jungen und Mr James die angstschlotternde Gestalt an, die der Truhe entstieg.

»Skinny Norris!«, rief Peter.

Skinny Norris saß bleich und kleinlaut in der Ecke des Ateliers.
Peter hatte sich als Wache vor ihm aufgepflanzt.
»Woher wusstest du, dass er in der Truhe war?«, fragte Maxwell James den Ersten Detektiv.
»Er hatte beim Hineinklettern das Tuch verschoben«, sagte Justus. »Eine Ecke der Truhe schaute hervor, und da merkte ich, dass es gar keine Bank war, wie ich zuerst angenommen hatte. Und da es hier drin kein anderes Versteck gibt, wusste ich, dass der Eindringling in der Truhe stecken musste!«
»Eine logische Folgerung«, sagte Mr James. Dann wandte er sich zu Skinny Norris. »Also reichte es dir noch nicht, dass ich dich wegen unbefugter Entfernung eines Bildes rausgeworfen hatte. Du bist wiedergekommen und in mein Atelier eingebrochen, was? Warum?«
»Sie hätten mich nicht rauswerfen sollen«, sagte Skinny patzig. »Ich hatte ja das Bild zurückgebracht.«
»Darum geht es nicht. Du hast widerrechtlich etwas genommen, das dir nicht gehört«, brüllte Mr James ihn an. »Was hast du jetzt nachts in meinem Atelier getrieben? Was hast du mit den Bildern von Joshua Cameron vor?«
»Das möchtet ihr wohl alle gern wissen«, feixte Skinny.
»Du hast sie durchs Fenster einem anderen hinausgereicht und sie dann wieder hereingeholt«, sagte Justus. »Wem hast du die Bilder gegeben, und was wollte er damit?«

»Euch sage ich gar nichts!«
»War das draußen De Groot, der Kunsthändler?«, fragte Peter.
»Ich kenne keinen De Groot«, sagte Skinny.
»Du verweigerst also die Aussage?«, sagte Mr James unheildrohend. »Na, das werden wir ja sehen, junger Mann. Hier kann man nicht mehr von ›Ausleihen‹ eines Bildes reden. Das ist versuchter Einbruchdiebstahl, ein schweres Verbrechen. Wir werden sehen, was die Polizei dazu sagt, ja?«
»P-P-Polizei?«, stotterte Skinny. »Nein, da haut mich mein Vater windelweich! Ich wollte doch gar nicht …«
Da sah Peter blitzartig ein Gesicht am hinteren Fenster auftauchen.
»Just!«, schrie Peter. »Da ist jemand am …«
Eine gepresste Stimme schnarrte: »Keine Bewegung, ihr alle! Ich bin bewaffnet! Bleibt, wo ihr seid. Norris, schnell!«
Weder Justus noch Peter konnten die verstellte Stimme erkennen. »Rührt euch nicht, Jungen«, sagte Mr James. »Der schießt vielleicht.«
Hinter ihnen fiel mit dumpfem Dröhnen die Eisentür ins Schloss, und weg war Skinny. Sie hörten, wie der Mann am Fenster in die Nacht hinauslief.
»Er ist fort!«, rief Peter.
»Und Skinny auch«, stöhnte Justus. »Gerade als wir ihn erwischt hatten!«
»Nehmt es nicht so schwer«, sagte Mr James. »Skinny können wir wiederfinden. Und dann liefert er mir entweder eine stichhaltige Erklärung – oder ich führe ihn der Polizei vor.«
»Wir wissen zwar jetzt, dass Skinny der Einbrecher war, und

wir wissen, dass er mit einem anderen unter einer Decke steckt«, sagte Justus. »Aber wer das ist und worum es geht, wissen wir nicht. Was könnte der Mann da draußen mit den Bildern des alten Joshua gewollt haben?«
»Skinny hat sie einzeln zum Fenster hinausgereicht«, stellte Peter fest, »aber der Mann gab sie wieder herein. Also geht es ihm nicht um die Bilder selber. Es sei denn, er hat sie ausgetauscht! Um die echten zu stehlen und dafür Fälschungen zurückzugeben!«
»Nein«, sagte Mr James. »Das Bild da am Boden ist eines von den echten, kein Zweifel.«
Justus bückte sich, um das beim Fenster auf dem Fußboden liegende Bild näher zu betrachten. Er schüttelte entmutigt den Kopf.
»Wenn die Bilder zusammen eine Art Botschaft, einen Code ergeben sollen, dann weiß ich nicht … Mr James!«
Justus beugte sich ganz dicht über eine Ecke des Bildes. Mr James trat zu ihm hin.
»Diese Ecke des Bildes ist ja feucht!«, sagte der Erste Detektiv.
»Feucht?« wiederholte Mr James. Der Maler berührte die Leinwand. »Ja, tatsächlich! Daran hat sich einer zu schaffen gemacht und dann die Stelle frisch übermalt!«
»Wozu sollte jemand so was machen?«, wollte Peter wissen.
Mr James rieb über die nasse Ecke der Leinwand. »Na, vielleicht wollte jemand wissen, ob sich unter Joshua Camerons Gemälde ein anderes Bild verbirgt. Er entfernte eine Farbschicht hier in der Ecke und übermalte die Stelle dann wieder, damit man es nicht bemerken sollte.«
Justus sah aus, als habe er eine Erleuchtung gehabt. »Etwas

unter dem Bild vom alten Joshua? Mr James, dürfen wir telefonieren? Ich muss dringend anrufen. Es ist noch nicht zu spät!«

Eine halbe Stunde später standen Justus, Peter und Mr James vor dem Wohnhaus des Malers. Da kamen Professor Carswell und Hal angefahren. Justus machte den Maler und die Carswells miteinander bekannt.

»Was ist denn los, Just?«, wollte Hal wissen.

»Kommt mit rüber zu Mr James' Atelier«, sagte der Erste Detektiv.

Im Atelier hatten Peter und Justus zuvor alle Bilder von Joshua Cameron wieder aus dem Regal genommen. Hal und sein Vater sahen sie gleich beim Eintreten.

»Ihr habt sie alle gefunden?«, rief Hal.

»Gut gemacht, Jungen«, sagte Professor Carswell. »Weiß es die Gräfin schon? Sie wird sehr froh sein.«

»Nein, noch nicht«, sagte Justus. »Wir haben Sie geholt, weil wir eine Vermutung haben, wie alles zusammenhängt. Wir glauben zu wissen, was hier so wertvoll ist, dass alle darauf versessen sind.«

»Tatsächlich?«, fragte Peter.

»Ja, tatsächlich«, sagte Justus. »Hal, erinnerst du dich an den alten Goldrahmen im Lehmhaus? Du hast gesagt, es sei einmal ein Bild drin gewesen.«

»Goldrahmen?«, wiederholte Professor Carswell. »Ich erinnere mich nicht an ein Gemälde in einem Goldrahmen, Hal.«

»Das war damals, als Mr Cameron eben erst zu uns gekommen war, Papa«, erklärte Hal. »Da bekam ich es einmal zufällig zu sehen. Der alte Joshua sagte, es sei ein Druck, und er

wollte es wegwerfen. Danach hab ich es nicht mehr gesehen. Der Rahmen stand seither leer im Lehmhaus.«
»Kannst du das Bild beschreiben, Hal?«, fragte Justus.
Hal kratzte sich am Kopf. »Ja, es war ein Berg drauf und ein paar Pferde, so was wie Palmen und ein paar fast nackte Menschen vor einer Strohhütte. Aber der Berg war violett, die Pferde waren blau, die Palmen gelb und die Menschen rot!«
»Was?«, rief Mr James. Der Maler war sichtlich erregt. »Bist du ganz sicher, dass das Bild so ausgesehen hat, Hal?«
»Na klar. All diese Farben – verrückt!«
»Kennen Sie das Bild, Sir?«, fragte Justus rasch.
»Augenblick«, sagte Mr James. Er ging zu einem Bücherbrett und suchte zwischen vielen dicken Bänden herum. Er schlug ein Buch auf und blätterte hastig um. »Hier! Ist dies das Bild, das du gesehen hast, Hal?«
Hal sah sich die Abbildung im Buch an. Die anderen schauten auch hin.
»Klar ist es das!«, bestätigte Hal. »Eindeutig!«
»Dann hast du einen Druck eines sehr berühmten Gemäldes von einem großen französischen Maler namens François Fortunard gesehen. Ein Meisterwerk, müsst ihr wissen, aber es ist nicht erhalten geblieben. Es wurde während des Zweiten Weltkrieges bei einem Bombenangriff zerstört. Es war ein großer Verlust für die Kunstwelt. Nur –«, und Mr James bekam einen sonderbaren Ausdruck, »das Bild war in Privatbesitz, und ich wusste bisher nicht, dass es Reproduktionen davon gibt.«
»Ich glaube nicht, dass es Drucke gibt, Sir«, sagte Justus. »Ich glaube eher, dass es gar nicht zerstört wurde und in Joshua Camerons Besitz gelangt ist!«

»Mann!«, rief Peter verblüfft. »Wie viel wäre es dann wert?«
»Ein Fortunard ist immer ein Vermögen wert«, sagte Mr James, »aber dieses eine Bild, das allgemein für vernichtet gehalten wird, könnte noch viel mehr wert sein. Vielleicht eine halbe Million Dollar! Justus, meinst du wirklich …«
»Ich weiß bestimmt, dass der alte Joshua etwas sehr Wertvolles besaß, das er irgendwo versteckt hielt«, sagte Justus. »Er verwendete in seinem Fiebergestammel das Wort *Meister*. Ich glaube, er wollte *Meisterwerk* sagen, und deshalb will jemand seine Bilder an sich bringen – weil er glaubt, unter einem davon sei etwas verborgen!«
»Der Fortunard unter einem dieser Bilder?«, rief Mr James. Er starrte die zwanzig Bilder des alten Malers an. »Dann sehen wir mal nach!«
»Einen Augenblick bitte!«, sagte Professor Carswell. »Wie können Sie unter den Bildern mit dem Haus nachschauen, ohne dass Sie die vielleicht darunterliegende Malerei beschädigen?«
»Es ist schwierig«, gab Mr James zu. »Aber ich habe die Technik des Restaurierens gelernt und weiß, wie man es ohne Schaden macht.«
Der bärtige Künstler holte sich Lösungsmittel, einen weichen Lappen und anderes Zubehör. Sorgfältig rieb er an einer Stelle auf einem Bild ein wenig Farbe ab. Als darunter nichts zum Vorschein kam, nahm er sich das nächste Bild vor. Nach einer reichlichen halben Stunde stand er enttäuscht auf.
»Unter keinem dieser Bilder verbirgt sich etwas, Justus«, sagte Mr James. »Du hast dich doch wohl geirrt. Der Fortunard muss vernichtet sein.«
Justus biss sich auf die Unterlippe. »Ich war meiner Sache so

sicher, Sir! Diese Bilder müssen der Schlüssel zu etwas äußerst Wertvollem sein!«

»Vielleicht, Justus«, sagte Mr James, »aber es muss anders zusammenhängen. Diese Bilder hier sind nicht mehr als das, was sie darstellen.«

Die drei ???

Wie recht Mr Maxwell James hat! Aber ich gebe zu: Es ist außerordentlich schwierig, hinter diesen offen zutage liegenden Trick zu kommen. Ein Häuschen, zwanzigmal detailfreudig gemalt, mit so viel Drum und Dran – wüsste man wenigstens, ob es aufs Drum ankommt oder aufs Dran …

»Dann nehmen Hal und ich sie am besten mit«, sagte Professor Carswell. »Wir bringen sie morgen der Gräfin zurück, und die Unkosten wird sie Ihnen erstatten, Mr James.«

Die Jungen halfen die zwanzig Bilder in Professor Carswells Wagen laden, und der Professor fuhr mit Hal nach Hause.

»Ihr Jungen könnt ja hier übernachten«, sagte Mr James. »Es ist jetzt zu spät, um euch heimzubringen. Vielleicht fällt euch noch eine andere Erklärung dafür ein, warum diese Bilder irgendwie wertvoll erscheinen. Und vielleicht kann uns Skinny Norris mehr darüber erzählen«, fügte Mr James ingrimmig hinzu. »Morgen werden wir uns Skinny vornehmen und ihn zur Rede stellen.«

Skinny ist verschwunden!

Am Morgen musste Justus nach Hause, um auf dem Schrottplatz Bürodienst zu machen, während Onkel Titus mit Patrick und Kenneth auf eine überraschend angesetzte Einkaufstour fuhr. Also begleitete nur Peter Mr James zum Haus der Familie Norris.

»Ich sehe Skinnys Wagen nicht, Mr James«, stellte Peter fest.

»Vielleicht können uns seine Eltern sagen, wo er ist«, sagte der Maler.

Skinnys Mutter kam an die Tür, als sie geklingelt hatten. Als sie die beiden sah, machte sie ein langes Gesicht.

»Ich dachte …«, fing Mrs Norris an, und dann warf sie Peter einen wütenden Blick zu. »Hast du Skinny was getan, Peter Shaw? Immer wenn Skinny dir und deinem nichtsnutzigen Freund Justus Jonas in die Quere kommt, rasselt er in irgendwas rein! Was habt ihr jetzt wieder angestellt?«

»Die Jungen haben gar nichts getan, Mrs Norris«, sagte Mr James barsch. »Die Sache liegt ganz anders, und falls es Ihrem Sohn übel bekommt, wenn er sich mit Peter und Justus anlegt, dann vermute ich, dass daran ganz allein Skinny schuld ist!«

»Wer sind denn Sie?«, stieß Mrs Norris hervor.

»Mein Name ist Maxwell James, Madam.«

»Der Künstler, für den Skinny gearbeitet hat? Warum haben Sie ihn denn so mir nichts, dir nichts weggeschickt?«

»Hat das Ihr Sohn behauptet?«, fragte Mr James. »Mir scheint,

Skinny lügt die eigene Mutter an.« Der Maler berichtete Mrs Norris, wie er Skinny wegen unerlaubter Entnahme eines Bildes entlassen hatte.

Mrs Norris machte ein unglückliches Gesicht. »Das hat mir Skinny nicht erzählt. Es tut mir leid, Mr James. Zeitweise blickt Skinny einfach nicht mehr durch, und ich weiß, dass ihn Peter und Justus richtig verrückt machen.«

»Ich fürchte eher, Ihr Sohn ist ganz einfach neidisch«, sagte Mr James. »Aber können wir jetzt mit ihm sprechen?«

»Er ist nicht zu Hause, Mr James.«

»Wo ist er denn? Ich kann Ihnen nur versichern, dass ich ihn in einer ernsthaften Angelegenheit sprechen muss«, sagte der Künstler.

Skinnys Mutter sah plötzlich ganz elend aus. »Ich … ich weiß nicht, wo Skinny ist, Mr James. Er … er ist die ganze Nacht nicht heimgekommen!«

»Er war die ganze Nacht weg?«, rief Peter.

»Ja«, sagte Mrs Norris mit jäher Angst im Blick. »Als es klingelte, dachte ich, es sei Skinny oder jemand, der weiß, wo er ist. Sein Vater war schon bei der Polizei.«

»Mrs Norris«, fragte Peter, »hat Ihnen Skinny irgendwas davon erzählt, was er so treibt, seit er nicht mehr bei Mr James ist?«

»Das habe ich mir auch schon überlegt«, sagte Skinnys Mutter, »aber ich kann mich nur erinnern, dass er bei irgendeinem Mann arbeitet und dass er sagte, irgendwas sei der Schlüssel zu einem Vermögen. Ich habe keine Ahnung, was Skinny damit meinte, aber jetzt mache ich mir große Sorgen. Wenn es um so viel Geld geht, könnte Skinny ja auch etwas zugestoßen sein!«

»Ich würde mir keinen Kummer machen, Mrs Norris«, sagte Mr James. »Skinny und ich sind gestern Abend aneinandergeraten. Ich glaube, ich machte ihm Angst, weil ich die Polizei erwähnte, und da hat er sich wahrscheinlich einfach irgendwo versteckt, um nicht erwischt zu werden.«
»Das hoffe ich, Mr James«, sagte Skinnys Mutter, »aber trotzdem mache ich mir Sorgen. Ein Mann mit einem blauen Auto lungert in letzter Zeit hier herum. Man hat Skinny gesehen, wie er mit diesem Mann sprach, und wir haben festgestellt, dass jemand unser Telefon angezapft hat. Ich habe solche Angst, dass Skinny entführt worden ist!«

Bob tauchte gerade auf dem Schrottplatz auf, als Onkel Titus von seiner Einkaufsfahrt zurückkam. Jetzt hatte Justus frei, und die beiden Jungen zogen sich in ihre Zentrale zurück, um den Fall zu überdenken.
Justus berichtete rasch, was sich am Abend zuvor in Mr James' Atelier abgespielt hatte. Bob hörte gespannt zu. Er war ebenso enttäuscht wie die anderen, als er erfuhr, dass sich unter den zwanzig Bildern nichts verbarg.
»Dann hatte Joshua den wertvollen Fortunard also nicht?«, sagte Bob niedergeschlagen. »Dann ist das Bild doch vernichtet worden. Und Joshua hatte nur einen Druck.«
»Nein, ich glaube bestimmt, dass Joshua den Fortunard hatte und versteckt hielt«, sagte Justus hartnäckig. »Als er in seinem Gestammel das Wort *Meister* benutzte, wollte er ganz sicher *Meisterwerk* sagen. Hal muss das Bild einmal zufällig gesehen haben, und Joshua gab vor, es sei ein Druck. Dann versteckte er das Gemälde, damit es niemand mehr zu Gesicht bekam. Als er krank wurde, versuchte er eine Mitteilung über das

Versteck zu hinterlassen. Eine verschlüsselte Botschaft, damit Hal und sein Vater nicht dahinterkommen sollten, was er tatsächlich meinte.«

Justus holte den Zettel mit Joshua Camerons letzten Worten hervor und strich ihn auf dem Tisch glatt. »Hier – *zick, nein zack* und *falsche Richtung* könnten Ortsangaben sein. Nur hat Joshua das Wort *falsch* beim zweiten Mal ohne Zusatz verwendet. Vielleicht ist es da keine Ortsangabe. Vielleicht soll es heißen, dass wir nach etwas Falschem suchen sollen. Etwas, das eigentlich anders beschaffen sein müsste.«

»Du meinst, etwas, das wissentlich verkehrt gemacht wurde?«, fragte Bob. »Also etwas, das im Aussehen täuscht? Irgendwie verkehrt aussieht?«

»Genau das, Bob«, sagte Justus. »Ich bin sicher, *Meister* soll *Meisterwerk* bedeuten, und wenn der alte Joshua immer wieder *meine Bilder, meine Leinwand* und *Leinwand* sagte, muss das bedeuten, dass seine eigenen Bilder Schlüssel zu der Geheimbotschaft sind. Irgendwas an seinen Bildern müsste uns verraten, wo das Meisterwerk ist!«

»Aber was, Just?« Bob starrte auf den beschriebenen Zettel. »Du hast dir doch mit Peter diese Bilder ganz genau angesehen.«

Justus schüttelte bedrückt den Kopf. »Ich gebe zu, dass ich im Augenblick nicht weiterweiß. Aber wir haben noch einen Fingerzeig, der uns weiterhilft – die Art, wie das Häuschen auf diesen Bildern scheinbar allmählich kleiner wird. Warum hat der alte Joshua das Haus immer kleiner gemalt, während alles andere auf den Bildern in gleichbleibender Größe dargestellt ist?«

Bob überlegte. »Vielleicht wollte er damit sagen, dass das

Häuschen gewissermaßen gar nicht ins Bild gehört, Just? Vielleicht ist etwas unter dem Häuschen versteckt?«
»Tja …«, sagte Justus langsam. »Das ist möglich. Aber dann sollte man meinen, dass im letzten Bild das Häuschen überhaupt nicht mehr zu sehen ist.«
»Oder wie wäre es mit einem Baum daneben? Oder sonst etwas, das in allen Bildern gleich groß bleibt? Wenn wir nachschauen, finden wir vielleicht irgendein Motiv, das ganz unverändert bleibt!«
»Das könnte auch sein, Bob. Ich möchte mir diese Bilder noch mal genauer anschauen, wenn Peter und Mr James von ihrer Unterhaltung mit Skinny Norris zurückkommen. Aber vielleicht wissen sie dann die Antwort schon von Skinny.«
»Mann, Just – glaubst du das wirklich?«
»Es könnte sein, aber ich bin nicht allzu optimistisch, Bob. Ich bezweifle, dass Skinny bei einem seiner Arbeitgeber jemals viel erfährt.«
»Von mir würde er bestimmt nichts erfahren«, meinte auch Bob.
»Davon abgesehen«, fuhr Justus fort, »ist da aber noch etwas, das mir nicht in den Kopf will.«
»Und das wäre?«
»Weißt du noch, wie Hal uns erzählte, dass der alte Joshua einmal sagte, er sei der teuerste Maler der Welt, aber niemand wisse das? Hal sagte, Joshua hätte hinterher gelacht. Warum lachte er, und was meinte er überhaupt?«
»Vielleicht meinte Joshua, seine Bilder seien deshalb teuer, weil sie den Schlüssel zu dem wertvollen Meisterwerk von Fortunard liefern.«
»Daran habe ich auch gedacht«, antwortete Justus, »aber für

mich hört es sich an, als hätte sich Joshua eher allgemein ausgedrückt – als seien seine eigenen Bilder zwar nicht bekannt, aber kostbar.«

»Immerhin sagte Mr James, Joshuas Technik sei hervorragend gewesen. Und De Groot hält die Bilder anscheinend auch für gut.«

»Aber Mr James sagte auch, Joshua hätte keinen eigenen Stil, also seien seine Arbeiten nicht gut – und auch ein Kunsthändler müsste das wissen. Ich glaube, De Groot will uns übers Ohr hauen. Ich glaube, er ist gar kein Kunsthändler!«

»Ja, was denn dann, Just? Ein Krimineller, mit Komplizen?«

»Ich bin nicht sicher«, gab Justus zu, »aber ich bin überzeugt, De Groot weiß genau, dass Joshua den berühmten Fortunard besaß, und darauf hat er es abgesehen!«

»Du meinst, der alte Joshua wollte diesem De Groot seine Botschaft hinterlassen?«, wunderte sich Bob.

»Könnte sein, Bob«, sagte Justus. »Ich glaube …«

Beide hörten das Gepolter unten in Tunnel II. Die Falltür klappte auf, und Peter kam heraufgestiegen. Ernst und verbissen sah der lange Zweite Detektiv seine Freunde an.

»Skinny ist verschwunden, Freunde! Seine Mutter meint, er könnte entführt worden sein!«

»Entführt!«, rief Bob.

»Von wem, Peter?«, fragte Justus rasch.

»Das wissen die Eltern nicht, Justus. Aber Skinnys Mutter sagt, der blaue Sportwagen sei immer wieder in der Gegend aufgetaucht und Skinny hätte mit dem Fahrer gesprochen.«

»De Groot!«, sagte Bob aufgebracht.

»Mrs Norris sagt noch, jemand hätte ihr Telefon angezapft«,

setzte Peter hinzu. »Damit hat sich also De Groot befasst, als wir ihn vor ein paar Tagen trafen. Als er uns erwischt hat.«
»Ja«, bestätigte Justus. »Weiß Mrs Norris, was Skinny zuletzt getan hat oder bei wem er beschäftigt war?«
»Nein, Just«, sagte Peter. »Nur dass er für irgendeinen Mann gearbeitet hat und mal was von einem Schlüssel zu einem Vermögen gesagt hat.«
Justus überlegte scharf. »Na, Skinny hat man ja dazu eingesetzt, die Bilder zum Atelierfenster hinauszureichen. Das beweist, dass diese Bilder tatsächlich der Schlüssel zum Ganzen sind! Und seine Entführung kann nur eines bedeuten – dass Skinny zu viel weiß und dass ihn jemand mundtot machen will. Jemand namens De Groot, möchte ich wetten!«
»Armer Skinny«, sagte Bob. »Der fällt doch immer wieder auf die Nase.«
»Ja«, sagte Justus, »und wenn wir ihm aus der Patsche helfen wollen, müssen wir das Rätsel mit den Bildern des alten Joshua bald lösen! Los, gehen wir zum Remuda Canyon!«

In der Falle

Als die Jungen zu Professor Carswells Haus hinüberradelten, berichtete Peter den anderen, dass Mr James zur Polizei gegangen war, um den Vorfall in seinem Atelier vom Vorabend anzuzeigen. »Und da war Mr Norris schon bei der Polizei gewesen, um Skinny als vermisst zu melden«, schloss er.

»Da suchen sie jetzt sicher De Groots blauen Wagen«, sagte Justus.

»Aber wenn wir das Rätsel der letzten Worte und der Bilder lösen können, dann finden wir De Groot schneller, meine ich.«

»Glaubst du, dass De Groot die Botschaft entschlüsselt hat?«, fragte Bob.

»Jedenfalls muss er ganz nah dran sein. Deshalb gibt er vermutlich auch Skinny nicht frei«, sagte Justus. »Damit Skinny nichts verraten kann, ehe De Groot sich das Meisterwerk gesichert hat.«

Als sie an dem großen Fachwerkhaus am Canyon ankamen, sahen die Jungen Hal auf der Veranda des Malerhäuschens stehen. Hal lief ihnen gleich entgegen. Er war ganz aufgeregt.

»Heute früh war wieder jemand hier draußen!«, rief Hal, als er zu den drei ??? stieß. »Das ganze Haus hat er auf den Kopf gestellt.«

»Waren die zwanzig Bilder hier im kleinen Haus?« fragte Justus.

»Nein, sie waren in unserem Wohnhaus. Wir haben heute früh versucht, die Gräfin und Mr Marechal anzurufen, aber sie waren nicht da«, erklärte Hal. »Papa fuhr dann zu ihrem Motel rüber, um selber mit der Gräfin zu reden und ihr zu sagen, dass wir die Bilder haben, aber dass noch ein anderer danach forscht.«

»Habt ihr hier in der Nähe heute früh jemand gesehen?«, fragte Justus.

»Ja«, sagte Hal. »Drüben bei der Garage. Nur ganz kurz, aber es war eindeutig ein Mann. Er rannte wieder zur Schlucht hin weg, und danach entdeckten wir, dass das Malerhäuschen durchwühlt worden war.«

»Schauen wir doch bei der Garage nach«, meinte Peter.

»Vielleicht hat er etwas verloren«, sagte Bob noch.

Sie gingen alle zu der Garage hinter dem großen Wohnhaus und verteilten sich zur Suche über das Gelände. Doch sie fanden nichts. Niedergeschlagen trafen sie sich wieder vor der Garage.

»Er hat überhaupt keine Spuren hinterlassen«, sagte Bob.

»Nein«, sagte Justus. »Nicht einmal Fußabdrücke. Gehen wir jetzt ins Malerhäuschen. Ich möchte nachsehen, ob –«

Das ungewohnte Geräusch drang in der späten Vormittagssonne ganz schwach zu ihnen. Es war ein sonderbarer Laut, ähnlich dem erstickten Wimmern eines kleinen Tiers.

»Was – was ist denn das?«, stammelte Hal.

»Psst!« machte Justus leise.

Der erstickte Laut war kaum vernehmlich, kam jedoch ganz aus der Nähe. Es hörte sich an, als versuche jemand mit an den Boden gepresstem Gesicht zu sprechen – ein undeutliches Gemurmel. Dann polterte etwas in der Garage.

»In der Garage!«, rief Peter.
»Da ist jemand drin!«, schrie Bob laut.
Peter lief zum Garagentor und versuchte es aufzuschieben. Es gab nicht nach.
»Das Tor klemmt«, rief Hal. »Los, zur Seitentür kommen wir rein. Er flitzte um die Garagenecke und blieb verdutzt stehen.
»So was!«, rief er. Ungläubig starrte er auf die schmale Seitentür, die mit einem Vorhängeschloss gesichert war.
»Was ist denn, Hal?«, fragte Bob.
»Diese Tür schließen wir nie ab, außer wenn wir längere Zeit verreisen. Wieso ist sie jetzt ...«
Der Sohn des Professors zog einen kleinen Schlüsselring hervor, fand den passenden Schlüssel und schloss eilig auf. Die Jungen stürzten in die Garage und sahen sich flink um. Der Raum wirkte leer, bis auf ein paar Werkzeuge und alte Latten, die unordentlich am Boden herumlagen.
Doch dort in einer Ecke bewegte sich etwas! Da lag jemand auf dem Boden, gefesselt und geknebelt, rollte wild die Augen und versuchte durch den Knebel zu sprechen, brachte aber nur Grunzlaute hervor:
»Das ist Skinny!«, sagte Bob.
Sie befreiten den Jungen von Knebel und Fesseln.
»Was ist passiert, Skinny?«, fragte Peter.
Skinny Norris setzte sich auf. Er war blass im Gesicht, und in seinen Augen stand die Angst. Er rieb sich die Handgelenke, wo die Stricke eingeschnitten hatten. Er zitterte.
»Ich hätte nie gedacht, dass ich noch einmal froh wäre, euch zu sehen«, sagte Skinny mit zitternder Stimme. »Ehrlich, es tut mir wirklich leid, dass ich euch Ärger machen wollte.«
»Ich glaub's dir fast«, brummte Peter. Er wusste, dass Skinny

jetzt verängstigt und kopflos war, doch er glaubte kaum, dass der Junge noch dankbar sein würde, wenn der erste Schreck vergessen war.

»Nun red schon, Skinny, was war los?«, drängte Justus ungeduldig.

»Wo bist du die ganze Nacht gewesen?«, fragte Bob.

»Also«, sagte Skinny nervös, »nachdem ich euch entwischt war, brachte er mich hierher. Als wir da waren, fesselte er mich da drüben im Freien. Dabei wäre ich fast in die Schlucht gestürzt. Man sieht sie ja bei Dunkelheit nicht, wenn man sich nicht auskennt. Er lachte mich aus und sagte, dass da jeder mal reinfällt, ehe er sich auskennt.«

Justus starrte den großen Jungen an. »Jeder fällt einmal rein, ja«, sagte er bedächtig.

Die drei ??? *Einmal? Man könnte sich daran erinnern, dass es gewisse Pechvögel gibt, die …*

»Heute sperrte er mich in aller Frühe hier in der Garage ein«, fuhr Skinny fort, »und seither bin ich hier. Ich traute mich nicht, einen Laut von mir zu geben – er hätte ja noch in der Nähe sein können. Aber dann hörte ich eure Stimmen, und da versuchte ich zu rufen.«

»Noch mal Glück gehabt«, meinte Peter.

Bob sagte: »Just? Was geht denn dir im Kopf rum?«

Der gewichtige Chef der drei ??? starrte noch immer auf Skinny, als gebe es im Gesicht des Jungen etwas höchst Sonderbares zu sehen. Seine Stimme schien zu zittern, als er schließlich sagte: »Skinny, wer hat dich denn nun eigentlich …«

Da fiel mit lautem Krachen die Tür ins Schloss, so dass die Jungen erschreckt zusammenfuhren. Sie hörten, wie das Vorhängeschloss einrastete. Sie waren im Dunkel der fensterlosen Garage eingesperrt!

»He!«, schrie Hal. »Wir sind hier drin!«

Es kam keine Antwort.

»Schnell!«, drängte Justus. »Schaut durch die Türritzen raus und durch die Astlöcher!«

Peter und Bob spähten vorn an jeder Seite des großen Tors hinaus, Justus fand in der Rückwand ein Astloch. Hal sah durch einen Spalt am Rahmen der Seitentür.

»Ich seh jemand!«, zischte Hal.

Die drei ??? kamen zu ihm herüber und spähten in die Sonne hinaus.

»Es ist De Groot!«, flüsterte Peter.

Der kleine behäbige Holländer stand da und starrte mit finsterem Gesicht zur Garage hin. Die Jungen sahen, wie er sich angespannt umblickte, als suche er etwas oder jemanden.

»Lassen Sie uns hier raus, De Groot!«, brüllte Hal.

»Wir wissen, worauf Sie es abgesehen haben!«, rief Bob erregt hinterher.

De Groot warf einen bösen Blick zur Garage herüber. »Da drin seid ihr sicherer! Still jetzt! Ich …«

Der Holländer drehte sich ruckartig um und nahm das Wohnhaus aufs Korn, dann trabte er flink ins Dickicht hinter der Garage, bis er darin verschwunden war.

Draußen in der Sonne regte sich eine ganze Minute lang nichts. Dann hörten die Jungen Schritte, und Mr Marechal kam vor der Garage in Sicht.

»Mr Marechal!«, rief Peter laut. »Da draußen ist De Groot,

passen Sie auf!« Der Verwalter mit dem Silberhaar starrte zur Garage herüber.
»Dort ins Gebüsch ist er reingegangen!«, rief Bob.
Mr Marechal drehte sich um und überblickte das Dickicht.
»Er hat uns hier eingesperrt. Lassen Sie uns raus, bitte!«, rief Bob.
Mr Marechal kam näher. »Ist De Groot allein?«
»Ja«, rief Peter. »Skinny Norris ist hier drin bei uns!«
»Norris?«, sagte Mr Marechal. »Aha. Nehmt euch in Acht vor diesem Norris, hört ihr? Ich traue ihm nicht. Er wird euch reinlegen, wo er nur kann!«
Der kleine Mann versuchte die Seitentür zu öffnen. »Hier ist ein Vorhängeschloss dran. Was ist mit dem Tor vorn?«
»Das klemmt, Mr Marechal«, erklärte Hal. »Aber ich habe den Schlüssel zur Seitentür. Ich schiebe ihn untendurch.«
»Du, Justus –«, fing Skinny an.
»Halt den Mund, Skinny!«, zischte Justus.
Hal nahm den Schlüssel von seinem Schlüsselring ab, bückte sich, um ihn unter der Tür durchzuschieben – und stieß unsanft mit Justus zusammen. Hal verlor das Gleichgewicht und stürzte zu Boden. Es klimperte hell.
»Der Schlüssel!«, rief Hal. »Er ist mir runtergefallen. Helft mir den Fußboden absuchen!«
Mr Marechal rief: »Was ist denn los, ihr da drin?«
»Ich hab den Schlüssel fallen lassen!«, antwortete Hal. »Hier drin ist es so dunkel. Wir suchen ihn gerade auf dem Boden.«
»Macht schnell«, drängte Mr Marechal von draußen.
Peter, Bob und Hal krochen auf dem dunklen Betonboden herum. Skinny saß noch in seiner Ecke, und trotz der Dun-

kelheit sah man die Angst in seinen Augen. Justus saß unbeweglich da, seit er mit Hal zusammengeprallt war.
»Ich finde ihn nicht«, stöhnte Peter.
»Ich auch nicht«, sagte Bob.
»Wo steckt er bloß?«, jammerte Hal und tastete über den Fußboden.
Da sagte Justus unvermittelt: »Leute, ich höre ein Auto.«
Die anderen Jungen hasteten zu ihren Gucklöchern – bis auf Skinny, der in seiner Ecke sitzen blieb. In der Sonne draußen blickte Mr Marechal zur Straße hinüber. Die Jungen hörten einen Wagen in der Zufahrt zu Professor Carswells Haus anhalten. Dann fing der kleine Verwalter an zu laufen, hielt geradewegs auf die Schlucht zu und verschwand im Gebüsch.
»Er muss De Groot gesehen haben!«, sagte Hal.
»O Himmel!«, rief Peter. »Schaut mal, da!«
Sie sahen De Groot plötzlich wieder aus dem Gebüsch auftauchen und nun in der gleichen Richtung wie Mr Marechal weiterlaufen. Und der dunkle Holländer trug eine Pistole!

Ein Verbrecher wird entlarvt

Hilflos sahen die Jungen durch die Ritzen und Astlöcher in der Garagenwand zu. De Groot und Mr Marechal waren jetzt beide verschwunden. Sekunden später kamen Professor Carswell und die Gräfin vom Haus her in Sicht.

»Papa!«, rief Hal.

Professor Carswell fuhr herum. »Hal? – Wo bist du?«

»In der Garage, Papa! Wir sind eingesperrt!«

Professor Carswell und die Gräfin liefen zur Garage. Der Professor schloss mit seinem eigenen Schlüssel die Seitentür auf und trat in die Garage. Die Jungen drängten sich um ihn und die Gräfin.

»Wie seid ihr bloß hier eingesperrt worden?«, sagte Professor Carswell.

»Das war dieser De Groot«, erklärte Peter. »Mr Marechal hätte uns herausgelassen, aber Hal ließ den Schlüssel fallen, und wir fanden ihn nicht mehr. Jetzt ist De Groot mit einer Pistole hinter Marechal her!«

»Armand war hier?«, fragte die Gräfin. »Und dieser De Groot?«

Justus sagte plötzlich in sonderbarem Ton: »Sie wussten nicht, dass Marechal auf dem Weg hierher war, Frau Gräfin? Es überrascht Sie?«

»Ja, es überrascht mich«, sagte die Gräfin. »Wie ich nämlich soeben auch Professor Carswell sagte, war Mr Marechal seit gestern Abend nicht mehr in unserem Motel. Er war die ganze Nacht über weg. Wo und warum, weiß ich nicht. Er hat mir nichts davon gesagt, dass er fortwill.«

Professor Carswell sagte: »Die Gräfin sagt, auch sie hätte De Groots blauen Sportwagen gestern am frühen Abend vor dem Motel gesehen.«

»Und jetzt ist De Groot mit einer Pistole hinter Mr Marechal her!«, rief Peter.

Hal sagte: »Wenn wir den Schlüssel nicht verloren hätten und Mr Marechal uns rausgelassen hätte, dann hätte es De Groot vielleicht nicht gewagt, aus seinem Versteck zu kommen. Jetzt müssen wir Mr Marechal helfen!«

»Nein, das tun wir nicht«, sagte Justus. »Wir müssen Mr Marechal nicht helfen, und wir haben den Schlüssel nicht verloren.«

Der stämmige Anführer der drei ??? nahm einen Fuß vom Boden. Er bückte sich und hob den Schlüssel auf, worauf er die ganze Zeit gestanden hatte. Alle starrten ihn an, als er den Garagenschlüssel in die Höhe hielt.

»Just!«, sagte Bob verwirrt. »Warum hast du …?«

»Du hast die ganze Zeit den Fuß auf dem Schlüssel gehabt?«, fragte Peter.

Justus wandte sich zu Skinny Norris in seiner Ecke um. »Du bist jetzt in Sicherheit, Skinny. Jetzt kannst du uns erzählen, wer dich entführt und hier eingesperrt hat. Dein neuer Auftraggeber also.«

»Das ist doch De Groot, ganz klar!«, sagte Hal.

»Nein, eben nicht«, sagte Justus.

Skinny fuhr sich nervös mit der Zunge über die Lippen. »Du hast recht, Justus. Es war Mr Marechal. Als ich Mr James' Bild zu eurem Trödelmarkt brachte, kam er am Tag darauf zu mir. Er trug mir auf, Mr James' Bilder zum Atelierfenster hinauszureichen, damit er feststellen konnte, ob unter den Bildern des Alten etwas verborgen war. Ich hatte eine solche Wut auf Mr James, weil er mich rausgeschmissen hatte, dass ich darauf einging.«

»Also hast du die ganze Zeit für Mr Marechal gearbeitet?« fragte Bob verblüfft.

»Ich sagte ja, dass ihr keine Ahnung habt, was hier vorgeht«, sagte Skinny mit einem Anflug seines bekannten hässlichen Grinsens – schon fühlte er sich wieder sicher.

»Ja, mir hätte gleich klar sein müssen, was du damit meintest«, bestätigte Justus. »Marechal hätte uns nämlich gar nicht aus der Garage befreit, Freunde. Er wollte uns zusammen mit Skinny fesseln! Oder er hatte noch Schlimmeres vor! Deshalb trat ich auf den Schlüssel. Eingesperrt waren wir sicherer.«

Peter überlief es kalt. »Hat mich doch dieser Marechal reingelegt!«

»Und mich auch«, sagte die Gräfin. »Bist du auch ganz sicher, Justus?«

»Bestimmt, Gräfin«, sagte Justus mit entschiedenem Nicken. »Skinnys Geschichte beweist, dass Marechal ein gefährlicher Zeitgenosse ist. Und wenn man das einmal weiß, fügen sich eine Menge verwirrender Einzelheiten allmählich zusammen. Zum Beispiel ist die Polizei in diesem Fall bisher nicht in Erscheinung getreten. Marechal sagte, er werde die Polizei rufen, als er uns kündigte. Aber dann erstattete er doch keine Anzeige, oder?«

»Nein, das wohl nicht«, meinte auch die Gräfin.

»Ist ja auch klar«, sagte Justus. »Die Polizei hätte seinen feinen Plan durchkreuzt. Er hat uns nicht wegen der Gefahr entlassen. Er wollte uns nur aus dem Weg haben! Er hatte ja nun Skinny, also konnte er uns nicht mehr brauchen.«

»Und jetzt wissen wir, warum Skinny gestern früh in Ihrem Motel war«, fuhr Justus fort. »Er suchte Marechal. Er lief weg, damit er nicht mit uns reden musste. Aber wir missdeuteten sein Verhalten und dachten, er wolle einbrechen und dann flüchten.«

»Na, siehst du, so schlau seid ihr gar nicht«, feixte Skinny.

Justus überhörte das und sprach weiter. »Ich nehme nicht an, Gräfin, dass Mr Marechal jemals zu der Frau hinfuhr, die Joshuas Venusstatue erstanden hatte und sie nicht wieder verkaufen wollte?« »Nicht dass ich wüsste, Justus«, erwiderte die Gräfin.

»Hatte ich mir gedacht«, sagte Justus. »Er war von Anfang an mehr an den verschwundenen Bildern interessiert als an Ihren Familienerbstücken. Und als er von Hal Joshuas letzte Worte erfahren hatte, war ihm sonnenklar, dass die Bilder der Schlüssel waren.« »Schlüssel, Justus?« Die Gräfin zog die Brauen hoch. »Der Schlüssel wozu?«

»Zum Versteck, wo der alte Joshua ein vermisstes Meisterwerk von François Fortunard verborgen hielt, Gräfin. Ein angeblich zerstörtes Bild, das – wie Mr James sagt – ein Vermögen wert ist.«

»Aber Justus«, wandte Professor Carswell ein, »wie hätte Marechal wissen sollen, dass der alte Joshua dieses Meisterwerk besaß? Der Gräfin war es nicht bekannt. Sicherlich hätte sie doch über ihren eigenen Bruder mehr wissen müssen als Marechal.«

»Nein, Sir«, sagte Justus unbeirrt. »Ich vermute leider, dass Marechal die Gräfin betrogen hat. Als wir in der Garage eingesperrt waren, ließ ich mir nämlich einiges durch den Kopf gehen. Ich bin jetzt ganz sicher, dass uns nicht De Groot vor zwei Tagen in dem Malerhäuschen eingeschlossen hat und es dann wie ein Wahnsinniger durchwühlte. Und De Groot war auch nicht der geheimnisvolle Eindringling ganz am Anfang, als Onkel Titus Ihnen Joshuas Sachen abkaufte. Das war Marechal! Er wusste über das Meisterwerk Bescheid! Er kam heimlich her, um es sich zu sichern, und zwar schon ehe er dann mit der Gräfin zusammen auftauchte.«

»Wie konnte er wissen, was Joshua hatte?«, fragte die Gräfin.

»Das hat er schon immer gewusst, Gräfin«, sagte Justus. »Sie erinnern sich, dass Hal uns sagte, der alte Joshua hätte etwas gestammelt von *Sagt es ihnen*? Marechal und irgendwelche Dunkelmänner waren nämlich Partner des alten Joshua!«

»Partner?«, sagte die Gräfin. »Partner wozu? Bei einem verbrecherischen Plan, meinst du?«

»Ich glaube schon, Gräfin. Irgendetwas Kriminelles um das verschwundene Meisterwerk von Fortunard. Ich bin noch nicht ganz sicher, was diese Typen vorhatten, aber ich bin sicher, dass es etwas Übles war.«

»Ich bin schockiert, Justus«, sagte die Gräfin. »Dann müssen wir ja die Polizei rufen, um Armand das Handwerk zu legen, bevor er noch mehr anrichtet!«

»Und vergessen Sie nicht, dass auch De Groot noch in der Nähe sein könnte«, fügte Bob hinzu. »Der mischt da ja auch mit.«

»Ich rufe sofort die Polizei an«, sagte Professor Carswell. »Skinny, du kommst mit.«

»Wir gehen auch mit«, sagte Justus. »Ich möchte mir die

Bilder noch einmal ansehen. Wir müssen das Rätsel lösen, wo das Meisterwerk versteckt ist, ehe das Marechal oder De Groot gelingt. Sonst kommt die Polizei am Ende zu spät!«

Zick *oder* Zack?

Alle liefen in das große Haus. Professor Carswell und Skinny gingen über die Diele nach hinten, um die Polizei anzurufen. Die anderen Jungen und die Gräfin traten ins Wohnzimmer, wo die zwanzig Bilder in Reih und Glied an den Wänden lehnten.

»Ich habe sie der Reihe nach aufgestellt, Justus«, erklärte Hal. »Nummer eins ist hier links, und Nummer zwanzig dort drüben rechts.«

Sie starrten alle die zwanzig Bilder mit dem Häuschen an. Jedes war in einem anderen Stil ausgeführt, und auf jedem war alles gleich groß – bis auf das Häuschen selbst. Die Gräfin, die ja die Bilder noch nicht gesehen hatte, blinzelte verwirrt.

»Oh«, sagte die elegante Dame, »das sieht ja aus, als ob das Haus zusammenschrumpft! Ein ganz erstaunlicher Effekt. Verblüffend, wirklich!«

»Ja«, überlegte Justus. »Joshua scheint doch ein sehr talentierter Maler gewesen zu sein. Ich könnte mir vorstellen, dass sich eine solche Wirkung nicht allzu leicht erzielen lässt.«

»Aber was will uns das mitteilen, Justus?«, fragte Peter.

»Na«, sagte der rundliche Erste Detektiv, »Bob meinte ja, dass vielleicht in allen Bildern etwas gleich bleibt. Zum Beispiel ein Baum. Sieht einer von euch hier was?«

Sie nahmen die Bilderreihe genau in Augenschein. Doch einer nach dem anderen schüttelte den Kopf. Alles außer dem Häuschen mit seiner lebhaft gestreiften, mit Flicken besetzten Markise blieb zwar gleich groß, aber nicht genau gleich in Form, Farbe oder Stellung. Nur Hal hatte eine Idee. »Es ist wie eine Art Mikroskop oder Teleskop, meint ihr nicht?«, sagte er mit einem langen Blick auf die Bilder des schrumpfenden Hauses. »Ich meine, als ob das Haus durch irgendein Gerät allmählich genau in den Brennpunkt rückt.«

»Brennpunkt?«, sagte Justus langsam.

»Ich begreife, was Hal meint«, sagte Bob. »Der Blick des Betrachters soll gewissermaßen auf das Häuschen fixiert werden. Es soll zum Ausdruck kommen, dass der einzig wesentliche Teil aller Bilder das Haus selbst ist.«

Da weiteten sich plötzlich Justs Augen. Blinzelnd sah er die Bilderreihe entlang, und rasch holte er den Zettel mit Joshua Camerons letzten Worten aus der Tasche. Er las den Text genau, mit vor Aufregung leuchtenden Augen.

»Sagt es ihnen«, las er, »damit meint er Marechal und weitere Komplizen, da bin ich sicher. *Meine Bilder* und *Meister* heißt, dass seine zwanzig Bilder einen Hinweis auf das Versteck des Meisterwerks darstellen. *Zick*, *nein*, *zack* und *falsche Richtung* bedeuten nach meiner Meinung, dass wir etwas finden sollen, das verkehrt ist – das *zick* machen sollte, aber stattdessen *zack* macht!«

Justus legte den Zettel hin. »Bis hierher läuft Joshuas Botschaft auf das hinaus: Sagt Marechal und den anderen, dass der Schlüssel zum Meisterwerk in meinen Bilden liegt, in etwas, das statt *zick* – *zack* macht!« Er sah die anderen triumphierend an. »Und damit bleibt nur noch ein Wort des alten Joshua, das wir uns bis jetzt nicht erklären konnten!«

Alle waren stumm vor dem Rätsel. Dann beugte sich Peter herüber und schaute sich das beschriebene Papier an.

»Meine Leinwand«, las er. »Oder einfach *Leinwand*. Hal war da nicht ganz sicher. Aber was soll uns das sagen, Justus?«

»Sieh dir doch die zwanzig Bilder an!«, sagte Justus.

Alle schauten hin.

»Am Haus, direkt am schrumpfenden Haus!«, half Justus ungeduldig nach. »Das Haus ist im letzten Bild so klein, dass man davon fast nur noch die …«

»… die Markise sieht!«, rief Bob.

»Eine gestreifte Markise!«, sagte Hal.

»Eine Markise aus Leinwand!«, rief Peter.

»Mit aufgenähten Flicken, Freunde«, schloss Justus. »Und bei einem der Flicken verlaufen die Streifen in verkehrter Richtung!«

»Da macht's nicht *zick*«, sagte Bob ahnungsvoll, »sondern *zack*!«

»Zum Malerhäuschen, los!«, rief Justus.

Die Jungen liefen aus dem Haus und über den Rasen zum Häuschen. Die Gräfin kam hinterdrein. Justus schaute zu einem großen aufgesetzten Flicken hoch, der ungefähr gleich groß war wie Joshua Camerons Bilder – ein Stück Leinwand, bei dem das Streifenmuster quer zum Markisenstreifen verlief!

Peter und Hal holten eine Leiter aus der Garage. Peter stieg hinauf, zog sein Taschenmesser und trennte sorgfältig die groben Stiche auf, womit der Flicken befestigt war. Das Stück Stoff löste sich unversehrt ab. Peter ließ es zu Justus hinunterfallen, und der rollte es geistesabwesend zusammen, während er zur Markise hinaufstarrte.

Unter dem Flicken, wo normalerweise ein Loch oder ein Stück schadhaften Markisenstoffs gewesen wäre, befand sich ein zweites Stück Leinwand ohne Musterung. Behutsam durchtrennte Peter die vier feinen Stiche, die das unverdächtig aussehende Stoffstück an Ort und Stelle hielten. Es löste sich und gab eine völlig unbeschädigte Stelle des Markisenstoffs frei.

»Hier gab's ja gar nichts zu flicken«, sagte Peter.

»Bring es herunter und dreh es um!«, sagte Justus.

Peter kletterte herunter und wandte das Stück heller Leinwand um. Alle starrten es sprachlos an. Die wundervollen Farben wirkten im Sonnenschein voller Leuchtkraft. Sie sahen den großen purpurfarbenen Berg, die blauen Pferde, die gelben Palmen und die roten Menschen. Da hatten sie das verlorene Meisterwerk von François Fortunard!

»Bring es ins Haus«, sagte Justus.

Peter und Bob trugen das Bild vorsichtig ins Haus. Die Gräfin berührte es fast andächtig, als die Jungen es auf einen Tisch legten.

»Es muss von unschätzbarem Wert sein«, sagte die elegante Dame. »Wie ist mein armer Bruder nur dazu gekommen?«

»Ja, Madam …«, fing Justus an.

Da kam Professor Carswell mit Skinny herein. »Die Polizei ist unterwegs. Ich habe mit Hauptkommissar Reynolds gesprochen, und … da habt ihr es ja! Wo war es?«

Rasch erklärten die Jungen Justs Lösung.

»Gut gemacht, Justus!«, sagte der Professor. »Wer hätte daran gedacht, auf einer alten zusammengestückelten Markise unter einem Flicken nachzuschauen? Ein perfektes Versteck – wasserdicht, sicher und für den alten Joshua immer in Reichweite, nicht? Aber jetzt meine ich, ihr solltet es zusammenrollen und achtsam damit umgehen. So bloßgelegt könnte es leicht Schaden nehmen.«

Während die anderen zuschauten, rollten Bob und Peter das Meisterwerk sorgfältig zusammen und gaben es Justus in Verwahrung. Skinny blickte säuerlich herüber.

»So, Gräfin«, sagte Professor Carswell lächelnd, »wenn es sich nicht als Diebesgut herausstellt, gehört es vermutlich Ihnen. Ein Vermögen!«

»Diebesgut?«, sagte die Gräfin. »Sie meinen, Joshua hat es gestohlen?«

»Nein«, mischte sich Justus ein, »ich glaube nicht, dass es gestohlen ist, aber –«

Da fiel plötzlich ein länger Schatten in die kleine Wohnstube. Ein dünner Schatten mit einer Pistole! Und eine vor boshaftem Lachen scheppernde Stimme rief: »Aber jetzt *werde* ich es stehlen!«

Mr Marechal stand im Türrahmen und bedrohte alle Anwesenden mit seiner Pistole. Die Gräfin funkelte den silberhaarigen Mann wütend an. »Sie sind ein abscheulicher Dieb! Dafür werden Sie noch bitter büßen!«

»O nein.« Mr Marechal lächelte hämisch. »Versuchen Sie mich nicht aufzuhalten, meine liebe Gräfin. Ich werde mich nicht scheuen, diese Pistole abzufeuern!«

Der kleine Mann sah begierig auf die Leinwandrolle in Justs Hand.

»Meinen Glückwunsch, Justus. Mit der Lösung von Joshuas Rätsel bist du mir zuvorgekommen. Nur gut, dass ich euch ständig belauert habe. Jetzt …«

Mr Marechal hielt den Kopf schief. Alle hörten den Sire-

nenton von ferne näher kommen. Mr Marechal fuchtelte mit der Pistole. »Schluss jetzt mit dem Gerede! Gib das Ding her, aber schnell!«
Justus zögerte und umklammerte die Rolle fester.
»Ich warne dich!«, schrie Mr Marechal und richtete seine Waffe auf Justus.
»Gib's ihm, Justus«, sagte Professor Carswell.
»Los!«, fauchte Mr Marechal.
Justus schluckte und streckte den Arm mit der zusammengerollten Leinwand aus. Mr Marechal entriss sie ihm, schwenkte noch einmal warnend die Pistole und lief zur Tür hinaus. Sobald er fort war, stürzten alle ans Fenster.
»Haltet ihn!«, rief die Gräfin.
»Nein«, sagte Professor Carswell, »das ist zu gefährlich. Lassen wir ihn gehen.«
Verzweifelt mussten sie zusehen, wie Mr Marechal über den Rasen lief und im Gebüsch am Straßenrand verschwand. Gleich darauf raste der gelbe Mercedes die Canyonstraße entlang. Die Sirene des Polizeiautos kam näher.
»Die Polizei wird ihn stoppen!«, sagte Professor Carswell.
»Nein!«, Justus schüttelte den Kopf. »Die suchen doch einen blauen Sportwagen und keinen gelben Mercedes.«
Wie gewöhnlich behielt Justus recht. Als in der nächsten Minute die Polizei erschien, hatte man keineswegs den gelben Mercedes im Schlepp.

Justus bringt es an den Tag

Alle liefen aus dem Haus, um Hauptkommissar Reynolds und seine Männer zu begrüßen. Professor Carswell erklärte rasch, was alles passiert war. Der Kommissar war sehr betroffen.
»Ach, diesem gelben Mercedes sind wir begegnet!«, rief der Polizeichef.
»Sie müssen Marechal sofort nachfahren!«, drängte die Gräfin. »Er ist ein Verbrecher! Bald ist er mit dem kostbaren Bild über alle Berge!«
»O nein«, sagte Justus und grinste in die Runde. »Zum Glück kamen Sie mit heulender Sirene an, Herr Kommissar. Die jagte ihm solchen Schrecken ein, dass er sich die Leinwand, die er mir wegriss, nicht mal anschaute!«
Und Justus hielt eine zweite Leinwandrolle in die Höhe!
»Das ist der verschwundene Fortunard«, sagte der Erste Detektiv mit triumphierendem Lachen. »Marechal hat sich mit einem aufgerollten Stück Markisenstoff abgesetzt! Ich hab das ganz schnell ausgetauscht!«
Justus rollte seine Leinwand auf und enthüllte das wunderbare Gemälde.
Erst blinzelten alle Justus und das herrliche Bild an. Dann fingen sie an zu lachen. Kommissar Reynolds klopfte Justus auf die Schulter.
»Sehr gut, Justus«, sagte der Kommissar strahlend. »Marechal hätte im Umgang mit dir besser aufpassen müssen. Deine Schliche kennt er nicht so gut wie wir, was?« Der Polizei-

chef lachte und wies einen seiner Beamten an, über Funk die Fahndung nach dem gelben Mercedes einzuleiten.

»Den haben wir reingelegt, Just!«, riefen Bob und Peter gleichzeitig.

»Noch nicht, Freunde«, wandte Justus ein. »Wir haben zwar den verlorenen Fortunard vor ihm sichergestellt, aber wir haben immer noch einiges von ihm zu befürchten.«

»Jetzt kriegen wir ihn leicht, Justus«, sagte Kommissar Reynolds zuversichtlich. »Wenn er das Bild hätte, wäre die Festnahme problematisch. Er könnte dann drohen, das Bild zu vernichten, oder wir könnten es ungewollt beschädigen. Aber jetzt kommt er nicht mehr weit – nicht mit einer Rolle Markisenstoff!«

»Diesen De Groot müssen wir ja auch noch finden«, entsann sich Professor Carswell. »Sie sind in der Sache vermutlich Partner.«

»Klar sind sie das«, bestätigte Peter. »Passen wir lieber gut auf das wertvolle Stück auf!«

Die Gräfin wandte sich lächelnd an die Jungen. »Ihr habt mir den besten Beweis für euer Können gegeben. Ich glaube nicht, dass De Groot jetzt noch an mein Meisterwerk herankommt. Ich werde dafür sorgen, dass ihr Jungen großzügig belohnt werdet.«

Bob und Peter erröteten vor Vergnügen über das Lob der eleganten Dame. Nur Justus schien noch über etwas nachzugrübeln. Der Erste Detektiv starrte das Meisterwerk an.

»Herr Kommissar –«, sagte Professor Carswell, »wem gehört denn nun das Bild? Normalerweise doch der Gräfin, es sei denn, Joshua hätte es irgendwo gestohlen. Er hatte ja anscheinend allen Grund, es zu verstecken.«

»Ich bin sicher, dass es mein armer Bruder nicht gestohlen hat. Der arme Joshua war ein ziemlicher Sonderling, aber ein Dieb war er nicht.«
»Nein«, sagte Justus unvermittelt, »ich glaube nicht, dass das Bild irgendwo entwendet wurde.«

Die drei ??? ....?
Keine Erleuchtung?
Dann helfe ich ein klein wenig nach. Joshua Cameron war ein sehr vielseitiger Maler. Und solch ein besonders talentierter Künstler verfügt natürlich über Möglichkeiten, wie sie jenen Malern, welche auch fürs Laienauge erkennbar »ihren« Stil haben, nicht gegeben sind.

»Ich möchte das Bild einem guten Museum schenken«, sagte die Gräfin. »Ein solch geniales Werk soll der ganzen Welt gehören.«
»Wir werden das natürlich noch ermitteln«, sagte der Kommissar. »Inzwischen müssen wir das Bild sicherstellen. Aber wenn Justus recht hat und es nicht gestohlen wurde, wird Ihnen sicherlich jedes Museum dankbar sein, Gräfin. Doch nun –«
»Da!«, rief die Gräfin plötzlich. »An der Garage dort hinten! Da ist De Groot!«
Alle Köpfe fuhren herum. An der Garage war niemand.
»Ich sah ihn! De Groot!«, beteuerte die Gräfin. »Er lauerte an der Garagenecke, mit einer Pistole! Als ich schrie, lief er zurück!«
»Er kommt nicht weit«, sagte der Kommissar verärgert. »Meine Leute und ich gehen jetzt links ums Haus. Professor,

Sie gehen mit den Jungen rechts herum. Wenn Sie de Groot sehen, versuchen Sie ihn auf uns zuzulenken. Nehmen Sie auch den jungen Norris mit – den knöpfe ich mir später vor. Gräfin, Sie bewachen das Bild.«
Die Jungen folgten dem Professor zur Garage. Skinny Norris kam widerstrebend mit, als habe er Angst vor De Groot. Aber sie fanden von dem Holländer keine Spur. Hinter der Garage stießen sie auf Kommissar Reynolds und seine Männer.
»Irgendeine Spur von ihm?«, fragte der Polizeichef.
»Nein«, sagte Professor Carswell. »Was könnte er schon ausrichten, wo Sie und Ihre Leute hier sind?«
»Ich weiß nicht«, sagte der Kommissar. »Hier kann sich einer leicht verstecken. Ich meine, wir –«
»Herr Kommissar!«, rief Justus plötzlich. »Zurück zum Häuschen! Schnell!«
»Was, Justus?«, sagte Kommissar Reynolds. »Wieso?«
»Schnell, schnell!«
Justus lief voraus, vor das Wohnhaus. Und Bob sah als Erster die flüchtende Gestalt in der Zufahrt.
»Da! Das ist De Groot!«
»Und die Gräfin!« Hal zeigte hin. »De Groot ist hinter ihr her!«
»Sie hat das Bild!«, rief Peter.
»De Groot hat uns hereingelegt!«, rief Professor Carswell. »Er hat sich wieder angeschlichen, um das Bild zu stehlen, und die Gräfin ist damit losgelaufen! Sie hält auf mein Auto zu!«
Die Polizisten hatten die Dienstpistolen im Anschlag. Die Gräfin hatte Professor Carswells Wagen fast erreicht, dicht gefolgt von De Groot. Der Kommissar gab einen Warnschuss in die Luft ab. De Groot und die Gräfin blieben stehen. Die

Polizisten, Professor Carswell und die Jungen liefen zu den beiden hinüber.
»Jetzt sind Sie dran, De Groot!«, schrie Bob.
»Dem Himmel sei Dank!«, sagte die Gräfin. »Er wollte sich das kostbare Bild gerade schnappen, und da lief ich damit los. Nehmen Sie ihn fest, Kommissar!«
»Ja«, sagte der Kommissar. »Sie sind verhaftet, Mr De Groot. Ich mache Sie auf Ihre Rechte aufmerksam –«
»Halt«, sagte Justus. »Nicht De Groot. Verhaften Sie die Gräfin!«
Im ersten Augenblick standen alle sprachlos da.
»Lass die dummen Scherze, Justus«, sagte die Gräfin.
Justus schüttelte den Kopf. »Das ist kein Scherz, Gräfin. Sie wollten mit dem Bild flüchten. Sie wussten, dass Sie es nie bekommen konnten, wenn es zur Ermittlung einbehalten würde. Es hätte Sie vielleicht sogar hinter Gitter gebracht! Und De Groot hat versucht, Sie aufzuhalten!«
»Unsinn«, sagte die elegante Dame. »Das Bild gehört mir.«
»Freilich«, bestätigte Justus. »Denn es gehörte Joshua, und Joshua hatte in Wahrheit zwei Partner – Marechal und Sie.«
»Ach?«, sagte der dunkeläugige De Groot. »Das weißt du also? Da habe ich mich ja gründlich geirrt. Ich hätte mich mit euch Jungen zusammentun sollen, statt euch beiseitezuschieben. Ich habe euch unterschätzt.«
»Justus, was redest du da?«, fragte der Kommissar streng. »Wer ist De Groot?«
»Ich vermute, er ist bei der niederländischen Polizei«, sagte Justus. »Er war Marechal und der Gräfin auf der Spur.«
De Groot nickte. »Der Junge hat wirklich recht, Kommissar. Ich bin Privatdetektiv aus Amsterdam. Ich war viele Jahre

lang hinter Joshua Cameron und seinen Mittätern her. Ich wusste von seinem Meisterwerk, und als ich erfuhr, dass er hier in Rocky Beach gestorben war, kam ich sofort her, um Marechal oder der Gräfin zuvorzukommen.«

»Sie waren beide Joshuas Komplizen«, fuhr Justus fort. »Mr Marechal hatte vor, die Gräfin zu hintergehen. Als wir ihn ausschalteten, versuchte die Gräfin, sich selbst das Bild zu sichern, indem sie vorgab, sie habe De Groot gesehen und wolle uns hinter ihm herschicken. Darauf wollte sie allein mit Professor Carswells Auto flüchten. Aber De Groot lag tatsächlich auf der Lauer, und so hat er sie dann gestellt.«

»Genau«, sagte De Groot. »Und jetzt wird sie eingesperrt!«

»Dann war der Fortunard tatsächlich gestohlen?«, fragte der Kommissar.

»Nein, Herr Kommissar, das nicht«, sagte Justus. »Dieses Bild existiert nämlich gar nicht mehr – es wurde im Krieg vernichtet, genau wie Mr James meinte.«

»Aber –«, fing der Kommissar an.

»Justus!«, rief Bob. »Hier haben wir es doch vor uns!«

Justus lächelte zornig. »Wisst ihr nicht mehr, dass der alte Joshua einmal zu Hal sagte, er sei der teuerste Maler der Welt, aber kein Mensch wisse das? Genau das war er!«

»Ah«, sagte De Groot voll Anerkennung. »Du hast also alles gewusst, junger Mann? Du bist ein hochintelligenter Detektiv!«

»Was gewusst, Just?«, platzte Peter heraus.

»Dass der alte Joshua Cameron tatsächlich ein großer Maler war. Er malte ganz meisterlich – nämlich Fälschungen! Der wertvolle Fortunard ist eine perfekte Fälschung, und deshalb

waren Marechal und die Gräfin so darauf erpicht – damit sie ihn irgendwem andrehen konnten!«
»Aber«, meinte Kommissar Reynolds, »De Groot sagte doch eben, dass er herkam, weil er wusste, dass der alte Joshua ein Meisterwerk besaß!«
»Er hatte ja auch eines«, sagte Justus. »Sein eigenes letztes Meisterwerk. Ein Meisterwerk der Kunstfälschung!«

Das entging Albert Hitfield!

»Zum Kuckuck!«, sagte Albert Hitfield am Telefon. »Als ob ich sonst nichts zu tun hätte, als eure Detektivgeschichten an den Mann zu bringen!«

Bob sagte beschwörend: »Bitte lesen Sie doch erst einmal unser Protokoll, Sir. Justus hat diesen Fall wirklich glänzend gelöst. Sie können auch eine Menge daraus lernen!«

Der große Regisseur schwieg unheildrohend. »Willst du damit andeuten, Bob Andrews, dass Justus Jonas mir geistig überlegen ist?«, fragte er dann.

»O nein, Sir«, sagte Bob hastig, Sie könnten ganz bestimmt auch ein hervorragender Detektiv sein, wenn … also, ich meine …«

»Jetzt reicht's, besten Dank!« Wieder folgte eisiges Schweigen. »Also gut, Bob Andrews, bring mir deinen Bericht ins Büro. Ich werde ihn lesen und die Geschichte veröffentlichen – unter einer Bedingung.«

»Und die wäre, Sir?«, fragte Bob unbehaglich.

»Dass es darin eine Schlussfolgerung gibt, auf die ich nicht kommen kann, auch wenn mir das gleiche Indizienmaterial zur Verfügung steht wie eurem unausstehlichen Justus!«

Bob schluckte. »Das geht in Ordnung, Sir.«

»Dann stellt euch gefälligst morgen hier im Büro ein!«

Am nächsten Tag saßen Bob, Peter und Justus in Mr Hitfields Büro. Der Regisseur sah vom jüngsten Ermittlungsprotokoll der drei ??? auf und lächelte sie selbstgefällig an.

»Also ist der grobschlächtige De Groot ein Detektiv, der wortgewandte Marechal hingegen und die elegante Gräfin entpuppen sich als Kriminelle! Ach, wie einfach wäre es, wenn wir die Leute nur anzuschauen brauchten und gleich wüssten, wer dahintersteckt! Ist Marechal eigentlich schon gefasst worden?«
»Ja, Sir«, sagte Peter, »und er und die Gräfin belasten sich in ihren Aussagen gegenseitig! Sie haben jahrelang Reichtümer gescheffelt, indem sie die Bilderfälschungen des alten Joshua an unkritische Kunstsammler verkauften. Vor einem Jahr verbüßten beide eine kurze Haftstrafe in Europa. Der alte Joshua hingegen entkam der Polizei und flüchtete mit seinem letzten Meisterwerk nach Amerika. Und dann –«
»Halt!«, rief Albert Hitfield. »Nun will ich euch meine eigenen Schlussfolgerungen präsentieren. Da die beiden in Europa hinter Gittern saßen, konnten sie erst nach ihrer Entlassung auf Professor Carswells Brief reagieren, mit dem er ihnen Joshuas Tod mitteilte. Marechal wurde eine Woche früher als die Gräfin entlassen und kam sofort nach Rocky Beach. Er wollte die Gräfin ausschalten und das gefälschte Meisterwerk für sich kassieren. Aber er suchte vergeblich danach, verletzte sich in der Schlucht am Bein und tauchte unter, um sich auszukurieren und daraufhin gemeinsam mit der Gräfin aufzutreten.«
»So hatte ich es mir auch ausgerechnet«, bestätigte Justus.
»De Groot hörte von Joshuas Ableben und folgte dem Paar hierher. Sobald ihm klar wurde, dass Marechal sich für Skinny Norris interessierte, vermutete er, dass der Ganove das meisterlich gefälschte Bild an die Familie Norris verkaufen wollte. Deshalb hörte er ihre Telefongespräche ab und hoffte, auf

diese Weise Marechals Unternehmungen auf der Spur zu bleiben und ihn auf frischer Tat zu ertappen.«

Justus nickte.

Albert Hitfield strahlte voller Zuversicht. »Der alte Joshua hatte seine Meisterfälschung versteckt, um sie vor neugierigen Augen wie zum Beispiel Hal zu verbergen. Dann aber musste er sich – für den Fall, dass ihm etwas zustoßen sollte – etwas einfallen lassen, um seinen Verschworenen Kenntnis davon zu geben, wo sich das Meisterwerk befand. Ich vermute, dass er nicht wagte, es ihnen brieflich mitzuteilen. Also malte er zwanzig nummerierte Bilder eines immer kleiner zusammenschrumpfenden Hauses. Und zu guter Letzt verriet er dennoch sein Geheimnis an Dritte, indem er vor seinem Tod eine Botschaft an Marechal herausstammelte. Sobald Marechal von der Existenz jener Bilder erfuhr, wusste er, dass sie ihn zu dem gefälschten Meistergemälde hinführen würden. Die letzten Worte des alten Joshua bestärkten ihn darin, dass hier der Schlüssel dazu lag – obwohl Marechal die Botschaft nie völlig begriffen hatte. Als Skinny mit dem einen Bild auftauchte, nahm Marechal Verbindung zu ihm auf. Skinny, der seinen Rausschmiss bei Mr James hinter sich hatte, ließ sich dummerweise sofort darauf ein, die Bilder durch Mr James' Atelierfenster hinauszureichen, damit Marechal sie untersuchen konnte.«

»Marechal dachte ja, die Fälschung sei unter einem der Bilder – genau wie ich zuerst«, sagte Justus.

»Eine ganz natürliche, wenngleich irrige Schlussfolgerung«, sagte Albert Hitfield. »Aber Marechal suchte ebenfalls weiter, und er sperrte euch dann auch im Lehmhaus ein. Dann wurde Skinny im Atelier erwischt, und Marechal musste ihn entführen, um sich selbst aus der Schlinge zu ziehen. Zum Glück habt ihr in der Garage rechtzeitig erraten, dass Marechal ein Bösewicht war, und so konnte er euch nicht allesamt entführen – wenn nicht noch Schlimmeres! De Groot hatte euch natürlich zu eurer eigenen Sicherheit in der Garage eingeschlossen! Übrigens nehme ich an, dass De Groots Humpeln, das euch in die Irre führte, eine Behinderung älteren Datums ist?«

»Ja, Sir«, sagte Bob. »Das hat er schon seit Jahren.«

Albert Hitfield nickte. »Dass ihr das Meisterwerk entdeckt habt, ist euren hervorragenden Ermittlungen zu verdanken, aber das habt ihr ja in eurem Bericht erklärt. Dann, Justus, wurde dir klar, dass der alte Joshua und Marechal Kunstfälscher waren. Was du aber an jenem Punkt noch nicht kanntest, war die Rolle der Gräfin. Dir war sie erstmals verdächtig, als sie behauptete, De Groot an der Garage gesehen zu haben. Soviel du wusstest, war ihm die Gräfin seit ihrer Ankunft in Rocky Beach noch nicht begegnet. Offenbar kannte sie ihn also von früher. Da De Groot Marechal von Anfang an nachstellte und da er immerhin nichts getan hatte, als dass er versuchte, euch von Marechal fernzuhalten, lag es auf der Hand, dass er eine Art Polizist sein musste. Als er in der Endrunde der Gräfin nachjagte, wurde damit klar, dass auch sie eine Komplizin des alten Joshua gewesen sein musste und sich den gefälschten Fortunard sichern wollte!«

Justus seufzte. »So verliefen auch meine Überlegungen, ja.«

»Aber«, warf Peter eifrig ein, »wie fand Justus heraus, dass der alte Joshua überhaupt ein Fälscher war, Mr Hitfield?«

»Na, das ist doch ganz klar, Peter. Einmal war da natürlich die Andeutung des alten Joshua zu Hal, er sei teuer, aber niemand wisse das. Dann Mr James, der euch erzählte, dass der alte Joshua ein begabter Maler sei, der zwanzig verschiedene Stilrichtungen nachzuahmen vermochte. Wer konnte wohl so ausgezeichnet in so verschiedenartiger Manier malen und dennoch gänzlich unbekannt bleiben? Nur ein Meisterfälscher!«

»Genauso kam ich auch dahinter, Sir«, bestätigte Justus.

»Damit wäre der Fall gelöst«, erklärte strahlend der berühmte Regisseur, »und ich von einer Veröffentlichung entbunden, da ich alles begriffen habe!«

Bob sagte niedergeschlagen: »So ist es wohl, Sir.«

»Ausgezeichnet«, sagte Albert Hitfield fest. »Darf ich mich nun noch nach dem ferneren Schicksal der Hauptpersonen in diesem Fall erkundigen?«

»Na ja«, antwortete Justus, »Marechal steht inzwischen unter der Anklage, Skinny Norris entführt zu haben, und das bringt ihm hier bestimmt eine Gefängnisstrafe ein. Die Gräfin ist nicht mit angeklagt, aber sie sitzt in Untersuchungshaft, bis die europäischen Behörden beschließen, was mit ihr geschehen soll – vermutlich wandert sie für noch ungesühnte frühere Verbrechen ins Gefängnis. De Groot ist nach Amsterdam zurückgereist. Sein Auftraggeber war nämlich ein vermögender Mann, der ein Opfer der Fälscherbande geworden war und ihnen ein für alle Mal das Handwerk legen wollte. Diesem Mann genügte es eben nicht, dass die Gräfin und Marechal nur ein Jahr absitzen mussten und dass Joshua ganz entkommen konnte. Jetzt dürfte er zufrieden sein.«

Albert Hitfield nickte. »Und welcher Bestimmung wird das gefälschte Meisterwerk zugeführt?«

»Rein rechtlich gehört es der Gräfin«, sagte Justus. »Aber es hat jetzt keinen Wert mehr für sie. Da sie es nicht veräußern kann, will sie es auch nicht haben. Sie hat es Professor Carswell als Rückzahlung von Joshuas Schulden übergeben. Doch es wird ihm weit mehr einbringen. Ein Sammler gefälschter Kunstwerke hat bereits eine hohe Summe dafür geboten. Mit dem Geld werden Professor Carswell und Hal ihr schönes altes Haus und den historischen Lehmbau renovieren lassen.«

»Für die zwanzig Bilder des alten Joshua gibt es auch bereits Kaufinteressenten«, sagte Bob. »Mr James hat sie inzwischen alle wieder bei sich.«

»Und was ist mit Skinny Norris?«

»Skinny, der Dummkopf, hat wie immer Pech gehabt«, sagte Justus.

»Die Polizei wird ihn nicht belangen, aber seine Eltern haben ihn für den Rest der Sommerferien ins Internat zurückbeordert.«

»Gut«, sagte Albert Hitfield. »So, jetzt habe ich zu tun, und wenn –«

»Mr Hitfield«, sagte da plötzlich Peter, »ich glaube, eine Schlussfolgerung konnten Sie sich nicht erklären – wie nämlich Justus herausbekam, dass Mr Marechal der eigentliche Übeltäter war, als uns De Groot in der Garage einschloss und der Schein so sehr gegen ihn sprach. Das war ja im Grunde der Wendepunkt.«

»Was? Wieso …?«

»Skinny schlotterte ja vor Angst und hatte uns noch gar nichts erzählt«, warf Bob rasch ein. »Er hätte vielleicht auch gar nichts gesagt, wenn es Justus nicht selbst erraten hätte!«

Albert Hitfield vertiefte sich nochmals in das Protokoll der drei ??? und blätterte eifrig. Dann schüttelte er den Kopf.

Justus wollte nachhelfen. »Als wir in der Garage waren, sagte Skinny etwas, das mir klarmachte, dass Marechal nicht zu trauen war.«

»Skinny sagte … ja, er sagte …« Der Regisseur starrte auf die beschriebenen Blätter und dann auf die Jungen. »Na, zum Kuckuck, was hat denn nun Skinny gesagt, woran du erkanntest, dass De Groot einwandfrei und Marechal der Gangster war?«

Justus grinste. »Skinny sagte, sein Entführer hätte lachend bemerkt, dass jeder einmal in die Schlucht falle, ehe er sich dort auskenne.«

»Ja und? Weiter, los, los!«, sagte Albert Hitfield ungeduldig.

»De Groot stürzte an jenem Abend beim Lehmhaus in die Schlucht«, sagte Justus schlicht.

Albert Hitfield stöhnte laut. »Natürlich! De Groot wäre ja nicht hineingestürzt, wenn er sich bereits ausgekannt hätte! Das bedeutet, dass De Groot euch vorher nicht in dem Lehmhaus eingesperrt haben konnte, und auch der geheimnisvolle Eindringling am ersten Tag konnte er ungeachtet seines Hinkens nicht gewesen sein. Als dir das erst klar wurde, konnte der Eindringling kein anderer sein als Marechal! Donnerwetter, du hast es wieder mal geschafft!«

»An diesem Abend im Lehmhaus dachte ich schon die ganze Zeit, dass da etwas nicht stimmen konnte«, bemerkte Justus selbstgefällig dazu.

Wieder stöhnte der große Regisseur. »Unfassbar! Aber ich habe versagt, mir ist dieser eine Fingerzeig entgangen, und nun muss ich auch diesen Fall für euch als Buch herausgeben!«

»Vielen Dank, Sir!«, rief Bob.

»Wir sind Ihnen sehr verbunden, Sir«, pflichtete Peter begeistert bei.

»Und zum Trost, Mr Hitfield«, sagte Justus mit einem Lächeln und hob ein Bild vom Fußboden auf, »haben wir Mr James gebeten, Ihnen eines der Bilder vom schrumpfenden Haus zu schenken.«

»Manchmal«, sagte Albert Hitfield, als er das Bild entgegennahm, seid ihr jungen Intriganten genauso verschlagen wie eure Missetäter! Ab mit euch!«

Schleunigst verließen die Jungen das Büro. Hinter ihnen betrachtete Albert Hitfield das Gemälde des alten Kunstfälschers Joshua Cameron und lachte.